http://www.bbulmedia.com

운명을
바꾸다

운명을
바꾸다

1판 1쇄 찍음 2014년 2월 12일
1판 1쇄 펴냄 2014년 2월 18일

지은이 | 어둠의 조이
펴낸이 | 정 필
펴낸곳 | 도서출판 **뿔미디어**

편집장 | 이재권
기획 · 편집 | 윤영상
편집디자인 | 이진선

출판등록 | 2002년 9월 11일 (제081-1-132호)
주소 | 경기도 부천시 원미구 상동로 117번길 49(상동) 503호 (우)420-861
전화 | 032)651-6513 / 팩스 032)651-6094
E-mail | bbulmedia@hanmail.net
홈페이지 | http://bbulmedia.com

값 8,000원

ISBN 979-11-7003-260-1 04810
ISBN 978-89-6775-923-0 04810 (세트)

BBULMEDIA FANTASY STORY

운명을
바꾸다

4

어둠의 조이 퓨전 판타지 소설

contents

1.
황자황녀와 친구가 되다

"언제까지 축 처져 있을 거냐."

마차에 붙어 있는 창 너머로 저 멀리 우뚝 솟은 마카로니 제국의 은빛 성을 멀거니 바라만 보고 있자 맞은편에 앉아 있던 여제가 한마디 툭 던졌다.

난 작게 한숨을 내쉬었다.

"정말 괜찮을까요?"

"걱정도 많구나."

"하지만…… 무슨 일이 벌어질지 모르잖아요."

"숲에선 잘도 위험한 짓을 저지르면서 이럴 땐 겁도 많구나."

"하, 하하하."

참으로 멋쩍어 그저 웃고 말았다.

"여제님, 그날 대체 무슨 일이 있었던 겁니까. 듣기로는 7써클급 대규모 마나 유동 감지가 수차례 감지되었다고 하던데……."

내 옆에 앉아 잠자코 대화를 듣고 있던 아버지가 조심스럽게 끼어들었다.

여제는 그 물음에 고개를 절레절레 저으며 어깨를 으쓱였다.

"하룬, 네가 직접 말하거라."

"윽, 그, 그게…… 하하, 그, 그냥 별거 아니었어요."

"그래, 별거 아니었지. 까닥했으면 네 주먹이 날아갈 뻔했지만."

"주, 주먹이 날아갈 뻔했다고요? 그럼 설마 이 상처, 위험한 짓을 벌이려다 다친 것이냐!"

내 말을 걸고넘어지는 여제 덕에 아버지는 깜짝 놀라 오른손에 감겨 있는 붕대를 노려보며 격분하셨다.

"아, 아무렇지도 않아요, 자, 보세요. 괜찮다니……
으윽!"

난 당황해 오른손을 마구 흔들어 보이며 변명하려다 신음을 삼켰다.

제길, 이젠 거의 나았다고 생각했는데 아직도 좀 아프다.

"역시 크게 다친 게 아니더냐! 대체 그날 무슨 짓을 저

지른 거냐! 소상히 설명하거라!"

절로 목이 움츠러들었다. 후우, 아무래도 그냥 넘어가긴 힘들 것 같아 보인다.

"영주님, 이제 거의 도착했습니다."

뒷목을 매만지며 난처해하다 하는 수 없이 입을 열려는 그때, 선두를 지휘하던 젠 경이 마차로 다가와 보고했다. 아버진 인상을 팍 찡그리며 나를 한차례 노려보곤 신경질적으로 젠 경을 돌아보았다.

"젠, 이젠 하룬의 기사가 다 되었구나."

"송구합니다."

"쯧, 수하를 시켜 경비병에게 우리가 도착했다는 걸 알려라."

"명령을 받듭니다."

젠 경은 특유의 무표정한 얼굴로 아버지께 꾸벅를 고개 숙이더니 다시 선두로 돌아갔다.

난 그의 뒷모습을 보며 속으로 감사의 인사를 전했다.

"후우, 기사단장의 뒤를 이어 나를 보좌할 인물로 점찍어 두었건만 대체 넌 젠을 무슨 수로 구슬린 거냐."

"구슬리다뇨, 누가 들으면 오해하겠어요."

"그럼 구슬린 게 아니면 뭐란 말이냐. 저 기사도의 표본인 젠이 네 성품에 반해 자진해 고개 숙였다고 말할 셈이냐?"

"으, 그, 그건……."

솔직히 젠 경이 무슨 마음을 먹고 있는지 알 길이 없어 목소리가 기어 들어가고 말았다.

하지만 전 정말 결백하다고요! 진짜 아무 짓도 하지 않았다니까요?

"그래도 좋은 현상이 아닐까, 바그다인 후작."

그동안 저 혼자 창밖의 풍경을 바라보고 있던 여제가 다시 말을 툭 던졌다.

아버진 그 말뜻을 이해한 건지 '그렇게 속 썩이던 과거에 비하면 말이죠' 라 중얼거리며 입맛을 다시셨다.

그런 우여곡절 끝에 우린 난 다시 은빛의 제국, 요정이 머무는 은색의 나라 마카로니 제국 수도에 도착할 수 있었다.

과거엔 은빛 마탑에 설치된 워프 포탈을 이용해 단숨에 왔지만, 이번엔 여행하듯 마차를 타고 사흘 동안 도보를 이동해 도착했다.

그 이유인 즉슨, 여제가 워프를 싫어한다는 지극히 단순한—그냥 여제가 우릴 따라오지 않으면 되지 않냐며 차마 딴지 걸 순 없었다—이유였다.

궁에 도착한 우리는 본 궁 귀빈실에 짐을 풀 수 있었다.

내 방은 전과 같은 방이라 삭막하지만 익숙한 풍경을

확인할 수 있었는데 새삼 신기한 기분이 들었다.

"이곳에 다시 올 줄은 몰랐는데 말이지."

이세트 운명을 바꾸기 위해 올 때만 해도 이것이 처음이자 마지막일 거라고 생각했건만 이렇게 다시 오게 되니 감회가 새롭다.

"문제는 이번엔 어찌해야 할지 감도 오지 않는다는 건데……."

대충 내 짐을 옆 구석에 내려놓고—이렇게 놔두면 나머진 시종들이 정리할 거다—침대에 털썩 누웠다.

"하룬, 잘 듣거라. 너는 그날 무조건 한 명을 지지해야 할 상황이 올 거다. 그땐, 모두의 앞에서 네 입장을 표명해야 한다. 에론 이스텔 드 마카로니 황자 저하를 지지한다고."

아버진 거대한 내분이 일어나는 걸 방지하기 위해 나보고 제 삼 황자인 에론 이스텔 드 마카로니 황자를 지지하라 말씀하셨다.

이런 급급한 방책으로 정말 일이 해결될지 잘 모르겠지만, 나로썬 얽히고설킨 정치를 논하며 주장한다는 건 무리이기 때문에 아버지 말씀대로 따를 생각이다.

"그런데 정말 첫째 황자는 이 정도로 납득할까?"

중얼거려 보지만 역시 답은 나오지 않았다.

뭐, 지금 여기서 그런 생각을 해 봐야 에너지만 낭비하는 거겠지. 나는 첫째 황자의 얼굴도, 성격도 모르니까. 직접 대면하지 않고서야 그를 파악하는 건 있을 수 없어.

"그니지나 할 게 없네."

내가 해야 할 방침은 이미 정해진 상태다.

게다가 이번엔 이세트를 지켜야 할 목적 같은 것도 없다.

이럴 거면 내일 정식 행사를 진행해 후딱후딱 끝내면 좋을 텐데.

아쉽게도 백작 작위 하사는 일주일후에 진행된단다.

"그럼 여기서 일주일이나 시간 낭비해야 한단 말인가. 일분일초가 아까운 시기에 정말이지……."

답답한 마음에 한숨을 내쉬었다.

앞으로 한 달 후, 쉐도우 소드가 예고했던 날이 찾아온다.

그는 대체 무슨 이유로 세 달이란 유예 기간을 주었는지는 모르겠지만 난 그날을 기다리기보단 한 달 전에 미리 나가서 쉐도우 소드를 찾을 생각이다.

그런데 지금 여기서 일주일간 갇혀 지낼 판이니 원.

"그럼 이참에 세라 박사님이 말해 준 것들을 실험해 볼까."

일단 수련도 중요한 문제라 세라 박사가 말한 실험들

은 잠시 뒷전으로 미뤄 둔 상태였다. 하지만 지금 수련을 할 수 없으니 일주일간은 실험으로 시간을 보내면 좋을 것 같았다.

똑똑.

"하룬 러셀 윈델트 님, 안에 계십니까."

당장 실험에 들어가야겠다고 마음먹은 그때, 누군가가 문을 두드렸다.

몹시 연륜이 묻어나는 목소리였는데 어디선가 들어봤던 음성이라 고개가 갸웃거려졌다.

"네, 들어오세요."

의아해하며 답했는데 안으로 들어온 건 전에 린의 시녀를 도울 때 보았던 왕실 집사였다. 분명 지그르드 안티온이란 이름이었지? 그런데 그가 어째서 여길?

"무슨 일이시죠?"

"흠흠, 혼자 계신가 보군요. 황자 저하, 들어오셔도 될 것 같습니다."

집사는 안으로 들어와 문을 걸어 잠근 채 잠시 주위를 둘러보더니 이내 뒤를 향해 말했다.

그러자 놀랍게도 집사 뒤에 내가 너무도 잘 아는 제스필드 둘째 황자가 짠하고 나타났다.

마법? 아니다. 전혀 마나는 감지하지 못했는데? 게다가 하도 이런 상황을 자주 겪어서 텔레포트 정도는 나도 알 수 있다고. 그렇다면 대체 어떻게?

"놀란 모양이군. 이 아티펙트 덕분이네."

둘째 황잔 내 마음을 읽기라도 한 것처럼 가슴에 달린 브로치를 톡톡 치며 말했다.

"비긴다르그. 이 브로치의 정식명칭이지. 황실 제3대 아티팩트 중 하나인데, 마나의 유동 없이 기척과 모습을 지워 주는 기능을 가지고 있지. 아, 이건 왕실 비밀이니 소문은 내지 말아 주게."

그러니까 가슴에 달린 보라색 브로치가 황실의 보물이며, 마나 유동도 없이 모습을 감춰 준다는 말인가? 우와, 무슨 게임 전설 아이템을 보는 것 같네.

"그렇군요. 신기한 걸 구경하네요. 아, 그런데 그런 보물까지 쓰면서 여긴 어쩐 일로?"

"아무도 모르게 자네를 만나고 싶었네. 언질도 없이 찾아온 점, 용서해 주게나."

제스 황자는 과연 왕자답게 물 흐르듯 예의 있게 고개 숙여 사과를 표했다.

"……네. 그럼 하실 말씀이라면……."

"흠, 일단 좀 앉지."

아무래도 짧은 얘긴 아닌 모양인지 제스 황자는 맞은편 탁자를 가리키며 나를 안내했다. 사실 여긴 내 방인지라 내가 먼저 솔선수범하여 안내해야 하건만 하도 경황이 없다 보니 생각도 하지 못했다. 쩝, 괜히 겸연쩍네.

"차라도 내올까요?"

"아, 됐네. 앞서 말했다시피 내가 자네를 만났다는 건 비밀로 붙이고 싶거든."

아무래도 만약을 위해 자제하는 것 같았다.

난 어깨를 으쓱이곤 황자가 앉은 맞은편에 편하게 앉았다.

대충 이 황자가 무슨 이유 때문에 찾아온 건지 예상은 가지만, 직접 들어 보지 않는 이상 정확히 판단할 수 없기에 편히 앉아 들어 보기로 한 것이다.

"내가 여기 무슨 일로 찾아온 건지 대충은 자네도 예상하고 있으리라 생각하네."

역시 뭐랄까, 명석한 황자여서 그런지 내 마음 정도는 전부 파악하는 것 같아 보였다.

내가 살짝 목을 움츠리며 답을 회피하자 그는 총명한 눈을 반짝이며 말했다.

"우선 첫 번째. 자네, 정말 소드 마스터인가?"

"네."

생각할 것도 없이 답했다.

그러자 황자의 눈동자가 살짝 흔들렸지만, 그 마음을 결코 겉으로 드러내 보이지는 않았다.

"그럼 두 번째. 자네는 나를 지지하지 않겠지?"

이번엔 솔직히 조금 놀라 입이 다물어졌다.

제길, 나도 저 황자처럼 내색하지 않아야 하는데 역시 화술은 어렵다.

"표정만 봐도 알겠군. 흠, 내가 아니라 하더라도 이그스타인 형님을 지지하진 않을 테고, 중립을 유지하거나 아니면…… 에론 녀석인가."

너무도 놀라 입이 다물어지지 않았다.

이 황자 대체 뭐야?

"표정을 보니 에론 녀석인 것 같네. 뭐, 나쁘지 않아. 이건 아마도 아버님과 바그다인 후작의 계책이겠지. 그 두 분에게 있어선 마카로니 제국의 안녕이 최우선일 테니까."

대단하다.

어느 정도는 내 표정을 보고 유추했겠지만, 그렇다 하더라도 거의 전부 다 알고 온 것이나 다름없지 않은가.

난 사실 천재라는 사람을 이세트 빼곤 본 적이 없어 잘 몰랐는데, 지금 이 황자를 보니 확실히 알 수 있겠다.

정말 천재는 남다르다는 것을.

"네, 맞아요. 저는 아버지에게 에론 황자 저하를 지지하라고 명령받았고, 그렇게 하기로 마음먹은 상태에요. 그런데 정말 대단하군요. 어떻게 그걸 정확히 판단하신 거죠?"

"지금 정황을 보면 어느 정도는 정답을 도출할 수 있지. 이 정도는 어렵지 않네. 문제는 이 계책을 이그스타인 형님이 어찌 받아들이냐는 정도인데……."

그는 피곤한지 잠시 눈가를 매만졌다.

"그래서 본론이네. 자네, 나에게 주군의 맹세를 할 생각은 없나?"

"네? 저는 분명 에론 황자 저하를 지지……."

"눈 가리기식 마음도 없는 충성을 말하는 게 아니네."

그는 손을 휘휘 저으며 내 말을 뚝 잘라 버리더니 얼굴을 내게 들이밀며 확고히 말했다.

"바그다인 후작이 나를 지지하는 것처럼, 자네 역시 나를 지지하는지의 여부를 알고 싶은 거네."

이제 알겠다.

제스 황자는 지금 당장의 정치적 지지가 아닌, 훗날 자신이 황태자로 봉해질 때, 자신의 곁에 있어 줄지를 말하는 것이다.

난 잠시 입을 다물어 대답을 회피했다.

난 누가 황태자로 봉해지든, 황제가 되든 그런 건 관심없다.

나에겐 아무짝에도 쓸모없기 때문이다.

하지만 솔직히 말해 제스 황자에게 마음이 기울어 있는 건 사실.

그도 그럴 수밖에 없는 게 이그스타인 황자는 우리 가문과 내 동생 이세트를 위험에 빠트렸고, 지금도 호시탐탐 기회를 노리고 있을 테니까.

그런 적의가 가득한 첫째 황자를 지지할 필요가 없지 않겠는가.

"끙, 미안하네. 그동안 자네에게 그릇이 작다고 한 것과, 사람이 되라고 했던 말들을 마음에 두고 있었다면 내 사과하지. 하지만 전부 억하심정이 있다거나 자네를 무시하기에 그런 게 아니라 단지 충고였네. 순수한 충고. 자네를 보기 참으로 안타까워서 그랬던 거네. 그러니 마음 풀고 우리 다시 한 번……."

내가 계속 대답이 없자 황자는 오해한 건지 땀을 뻘뻘 흘리며 지난 일들을 변명하기 시작했다.

아니, 그런데 하룬에게 그런 말까지 했었단 말이야?

"아, 그래! 그럼 이건 어떤가. 자네 예전에 아샤를 마음에 두고 있지 않았었나. 자네가 날 지지해 준다면 내 적극 밀어 주겠네. 아샤는 내 편이니 흘려듣지는 않을……."

난 더 이상 듣다 말고 손을 들어 황자의 말을 막았다.

"지금 그 말 덕분에 좋던 감정이 싹 사라지네요."

말 그대로 정말 기울던 마음이 한순간에 날아가 버렸다.

이 시대엔 여성을 이용하고 정략결혼이 당연시되는 것쯤은 나도 알고 있다.

하지만 아무리 머리론 이해한다지만 거부감이 드는 건 어쩔 수 없는 사실이니까. 거기다 난 이 시대 사람이 아니다.

"황자 저하의 야망을 위해 아나스타샤 황녀님을 이용한다는 생각, 별로 좋게 보이지 않습니다. 그런 식으로 사람을 마치 상품과 같이 취급하시면, 저도 제 자신이 아닌, 하룬의 껍데기를 쓴 소드 마스터라는 상품을 원하는 걸로밖에 보이지 않으니까요."

"자네……."

"만약 제가 소드 마스터가 되지 않았더라면 황자 저하께서 저를 감싸 안으려고 노력이나 했을까요? 과거에 저지른 잘못을 사과하려고 했을까요? 그렇게 할 정도로 자신에게 자신 없다면 그냥 말을 꺼내지 마십시오. 그럼, 여기까지. 제 대답을 들려 드리죠. 저는 황자 저하의 제안을 거절합니다."

딱 부러지게 말했다.

황자는 많이 놀란 건지 입을 벌린 채 한동안 나를 바라보기만 했다.

그러다 갑자기 일어나 내게 꾸벅 고개 숙였다.

"화, 황자 저하!"

나도 놀랐지만, 지금 당황한 목소리로 소리 지른 사람은 내가 아닌, 뒤에 시립하고 있던 황실 집사였다.

"진심으로 사과하네. 난 지금 자네의 과거 인성을 바탕으로 계획을 짰었지만, 이게 오히려 독이 돼 버렸어. 정말 큰 실수가 아닐 수 없군. 조용히 있었으면 될 걸 실언하는 바람에 자네의 마음을 놓치다니."

"……아셨으면 됐습니다. 별로 화난 것도 아니에요."

내가 사과를 받아 주지 않으면 언제까지고 고개 숙인 채 서 있을 것 같아 입맛을 다시며 정중히 사과를 받았다.

그제야 그는 진중했던 얼굴을 피며—정말 좋아하는 듯 보였다—고개를 들었다.

"며칠 잠 못 잘 것 같이 마음이 아팠는데, 사과를 받아 주니 한시름 놓았네. 좋아, 자네 말대로 그런 부분이 언짢다면 더 이상 권하지 않겠네. 그럼 대체 어찌하면 자네의 마음을 가질 수 있을지 알려 주지 않겠나? 들려 준다면 경청하지."

무지 황당한 말을 툭 내뱉곤 그는 묵묵히 앉아 나를 바라보기만 했다.

이 사람 정말 경청할 셈인가?

"아니, 그렇게 말해도…… 후우, 알겠어요. 일단 제가 황자 저하를 지지하는 걸 떠나서 저는 황자 저하에 대해 아무것도 모릅니다. 그건 황자 저하도 마찬가지겠죠. 그러니 서로 감추는 것이 많아지고, 터놓을 수 없다고 생각합니다. 그러니 지금처럼 서로의 의중을 감추고 상대의 의중을 알아보는 게 아닌, 군주와 신하의 관계를 떠나 마음을 터놓은 채 저를 알아보려고 노력하십시오. 그 마음이 진실하다 판단되면 저 역시 자연스럽게 진실로 황자 저하를 마주할 겁니다."

"즉, 군주와 신하 관계를 떠나 친구로서 다가와라 이 말인가?"

내 긴 말을 한마디로 압축해 말해 버리는 제스 황자에게 감탄하며 난 고개를 끄덕였다.

"하룬 공자님, 대체 그게 무슨! 친구라니요! 그건 왕족 불경죄입니다!"

"지그르드, 자넨 아무 말 말게. 그렇군, 친구라…… 그래서 여명의 여제와 그리에라 자작 가문의 여식과도 친구라는 호칭을 쓰는 것이었나."

"어라? 알고 계셨어요?"

"워낙 소문이 파다하니까. 믿기지 않았는데 지금 자네의 말을 들으니 그 소문이 진실인 것 같군. 알겠네, 친구라…… 친구도 좋겠지. 이거 참, 내 생에 친구는 단 한 명도 없을 거라 생각했건만, 역시 사람은 살고 봐야 한다니까. 그럼 앞으로 말 편하게 놓을게. 너도 사석에선 내게 말 놔도 좋아."

황자는 거침없이 내게 말을 놓기 시작했다.

아니, 이분 뭔가 오해한 것 같다. 이봐요, 황자님. 그렇게 무턱대고 다가오면 제가 곤란하거든요?

"이렇게 남에게 말을 놓는 건 어릴 때 주녠 유모 이후 처음이네. 음음, 나쁘지 않아. 아, 이왕 마음을 터놓은 김에 감추고 있던 걸 하나 알려 줄게. 우선 미안해, 숨기고 있던 것 사과하지. 그럼…… 아샤, 아직 듣고 있지?"

[……몰라요, 하여간 오라버니는 못 말린다니까요.]

"응? 어, 어라? 지금 이 목소린?"

[미안해요, 하룬 공자. 오라버니가 다짜고짜 왕실 긴급 연락 수정구를 연결해 놓는 바람에 전부 듣고 말았네요.]

제스 황자가 가슴 안쪽 주머니에서 투명한 작은 구슬을 하나 꺼내 보였다.

저 구슬 안에서 아나스타샤 황녀의 목소리가 들리는 것으로 보아 아마 전화기 같은 역할을 하는 것 같았다.

잠깐, 그럼 처음부터 끝까지 아나스타샤 황녀도 이야기를 들었다는 거야?

우왁, 갑자기 얼굴이 달아오르는 게 느껴졌다.

분명 아까 대화 나눈 것 중에 아나스타샤 황녀에 대한 것도 있었던 것 같은데…….

[후우, 친구라니. 하룬 공자는 생각보다 순진한 면이

있는 것 같네요. 그래서 제 편지도 답장 하나 없었던 건가요?]

"네? 아, 아니, 그건, 저기."

이런! 생각해 보니 무척이나 대단한 실수를 하고 말았다.

그래, 좋든 싫든 답장은 보냈어야 하는 건데, 다른 일들이 겹쳐 완전히 까마득하게 잊고 말았던 것이다.

[할 말이 있어요. 라벤더 정원에서 기다릴게요.]

아나스타샤 황녀는 자신의 할 말만 하고선 통신을 뚝 끊어 버렸다.

"······."

"······."

황자는 몹시 난처한 얼굴로 날 바라보았고, 난 그저 눈썹만 움찔움찔 떨어 대며 한동안 수정구를 바라보기만 했다.

*   *   *

황실 후궁에 위치한 라벤더 정원.

라벤더란 꽃 이름인데 여름엔 밝은 노란빛을 발하고, 겨울엔 흰색을 발하는, 사계절 내내 피는 꽃.

하지만 특정한 땅에서만 자라는 보기 힘든 종인지라 왕실에서도 정원을 가꾸는 데 무척 힘들었다고 한다.

그런 정원에서 만나자고 한 황녀의 의도는 대체 뭘까?

"설마 아샤가 그런 걸 마음에 담아 두고 있었을 줄은 나도 몰랐는데 말야. 그래도 설마 그 아샤가, 하하, 하하하! 이거 정말 사람은 살고 봐야 한다니까! 하룬, 건투를 비네. 비록 까칠하기 그지없는 아샤지만, 이것만은 장담하지. 사랑은 그 무슨 역경도 이겨 낼 수 있다고! 하하하하!"

라벤더 정원으로 나오기 전, 제스 황자가 내 어깨를 툭 툭 치며 한 말이 떠올랐다.

제스 황자는 자신이 가장 믿을 수 있는 측근 중 하나가 아나스타샤 황녀라서 나 몰래 이야기를 들려 줬다고 한다.

당시엔 뭐라 딱히 할 말이 없어 그냥 넘어갔는데, 지금 생각해 보니 괘씸하기 그지없어 이가 다 갈린다.

아니, 그럼 대체 당사자가 듣고 있는 앞에서 정략결혼 얘길 왜 꺼낸 거야 그 작자는!

그렇게 제스 황자를 저주하며 정원에 들어서자 딱 황녀라 생각될 만큼 기품 있는 여성이 몇몇의 시녀를 대동한 채 빛을 피해 천막 아래 앉아 있는 모습을 찾을 수 있었다.

"이쪽입니다."

그쪽에서도 날 발견한 건지 황녀 곁에 있던 시녀 한 명이 종종걸음으로 내게 다가와 안내했다.

난 시녀의 이끌림에 따라 황녀 앞에 설 수 있었다.

"황녀님께 인사드립니다."

"……."

내가 꾸벅 고개 숙여 인사했음에도 어째선지 답변은 들려오지 않았다.

뭔가 싶어 살짝 올려다보니 그녀는 눈을 가늘게 뜬 채 나를 노려보고 있었다.

"저, 저기……."

"어머, 이게 누군가요, 이제 소드 마스터가 돼서 저는 안중에도 없으신 하룬 공자님 아니신가요? 만나서 반갑습니다, 부족하지만 아나스타샤라고 해요."

그녀는 마치 처음 대면한 사이처럼 공손하게 자신을 소개했다.

……까칠하기 그지없다 한 제스 황자의 말이 이제 이해가 된다.

"하, 하하. 죄송해요. 그땐 차마 경황이 없어 어찌해야 할지 몰라 그만……."

"그러셨군요. 하긴, 여명의 여제와 그리에라 자작가 영애를 상대하느라 많이 바쁘셨을 테죠."

으아, 가시가 엄청 돋아 있다.

무진장 난감해져 헛기침하자 그녀는 잠깐 나를 올려다 보더니 맞은편 의자를 가리켰다.

"어차피 저도 오라버니의 부탁으로 썼던 것이니 자존심에 상처를 준 건 이쯤 히도록 하죠. 앉으세요, 긴히 할 말이 있습니다."

표독스런 그녀의 표정이 온데간데없이 사라져서 좀 놀랐다.

감정을 잘 컨트롤 하는 건가? 아니면 지금까지 연기?

"흠흠, 하실 말씀이라는 건……."

자리에 앉아 괜히 어색해져 어물쩍 본론을 물어봤다.

그러자 그녀는 쓰디쓴 표정을 지었다.

"많이 바쁘신가 보군요. 괜히 바쁘신 분 붙잡은 게 아닌가 싶네요."

"아니요, 괜찮습니다."

가까스로 상황을 모면했건만 다시 화낼 것 같아 난 황급히 손을 내저었다.

하아, 내가 잘못한 게 있어서 그런지 뭔가 이분은 대하기 껄끄럽다.

"그럼 다행이구요. 제가 좋아하는 메브르 차 맛이 어떠한지 묻고 싶었는데 그건 넘어가도록 하죠. 으음, 그럼 예의에 어긋나지만 바로 본론으로 들어갈게요. 저는 하룬 공자께 한 가지 물어보고 싶은 게 있어서 불렀습니다."

난 말없이 그녀의 눈을 바라보았다.

아나스타샤 황녀는 아주 잠깐 틈을 두더니 나를 똑바로 직시하며 입을 열었다.

"저를 아직 좋아하시나요?"

"쿨럭!"

잔뜩 긴장했는데 너무도 뜬금없는 질문인지라 나도 모르게 헛기침하고 말았다.

분명 차를 마시고 있었다면 황녀에게 뿜었을 것이다.

"지, 지, 지금 무슨 말을……."

하도 황당해 말까지 더듬어진다.

하지만 황녀는 조금도 농담이 아니었는지 진지한 표정 그대로였다.

"3년 전, 제 생일 파티에서 선물을 전해 주며 제게 말하셨죠. 만약 자신에게 능력이 있다면 당당히 제 앞에 설 수 있을 텐데, 라고요."

허, 하룬이 그런 말을 했단 말야?

하긴 방에 보내지 못한 고백 편지를 한 뭉텅이나 간직할 정도였으니 그럴 만도 한가.

"당시엔 패배자의 변명으로밖에 들리지 않아서 귓등으로 듣고 말았죠. 하지만 당신은 정말 성공해 이렇게 제 앞에 다시 섰어요. 그래서 묻는 겁니다. 그때 그 마음, 아직도 간직하고 계신지요."

그녀는 내 마음을 꿰뚫어 보듯 내 눈을 직시했다.

그렇구나. 그래서 그녀는 내가 좋아하는지 물어본 건가.

뭐랄까, 선뜻 답하기 어려웠다. 당연히 나야 아무 생각도 없지만, 하룬은 어찌 생각할지 알 수 없기 때문이었다.

만약에 훗날 하룬의 정신이 돌아오게 된다면 여기서 거절한 것에 대해 분노할지도 모르지 않은가.

"죄송합니다. 황녀님을 그런 마음으로 보고 있지 않습니다."

하지만 역시 쓸데없는 고민이다.

강간의 대상이 되었던 아이샤 영애처럼 하룬이 저지른 잘못에 대해선 몸을 빌리고 있으니 대신해 사과할 순 있어도, 사랑은 다른 문제니까.

"윈덜트 가문의 명예를 걸고 맹세할 수 있나요?"

"네, 맹세할 수 있어요."

뭔가 집요했지만 별로 어물거리고 싶지 않아 곧바로 답했다.

그제야 그녀는 돌처럼 굳어 있던 얼굴이 사르륵 풀어졌다.

"……그렇군요. 후우, 다행입니다. 혹시나 아직 저를 좋아하고 있다면 어쩌나 싶었거든요."

"……네?"

실연한 슬픔에 우울해할 줄 알았는데 황당하게도 그녀는 안심하고 있었다.

이게 어찌 된 일이지?

"하룬 공자가 저를 좋아한다고 한다면 저는 제 마음과는 상관없이 당신과 혼인해야 하는 입장이기 때문이죠."

그녀는 내 마음을 읽기라도 한 것처럼 궁금증을 답해 주었다.

그래도 내 미간이 펴지지 않자 손가락을 세우며 재차 답했다.

"즉, 이런 거예요. 하룬 공자는 저희 제국에 꼭 필요한 존재가 되셨고, 그런 당신을 잡아 두기 위해선 저라는 당근이 필요한 거죠. 하지만 저는 죄송하지만 하룬 공자와 결혼할 마음이 없습니다. 아, 오해하지 마세요. 하룬 공자가 딱히 싫어서 그런 건 아니니까. 저는 단지……."

그녀는 잠시 주저하더니 얼굴을 살짝 붉히며 다시 입을 열었다.

"따로 좋아하는 상대가 있을 뿐입니다."

따로 좋아하는 상대…… 아아, 그렇구나!

"그랬던 거군요? 하하하! 그런 것도 모르고!"

지금까지 의도를 몰라 답답했는데 안개가 확 걷어진 듯한 기분에 절로 웃음이 나왔다.

하지만 그녀는 어째선지 시큰둥한 표정을 지었다.

"살짝 안타까워하기를 기대했는데 이렇게나 상큼한 얼굴을 하니 이거 오히려 화나는데요?"

……이분 정말 참으로 성격 까탈스럽다.

"농담이에요. 그래도 정말 조금도 흔들리지 않네요. 그럼 그날 제가 오해했던 건가요?"

"그건……."

그냥 그렇다고 답하려다 입을 다물었다.

정말 그렇게 말해도 될까? 후우, 아니다. 아무리 지금 내가 하룬이 아니라지만.

"아니요, 잘 보셨어요. 그때 저는 황녀님을 사모했었습니다. 지금도 제 방에는 차마 황녀님께 보내지 못한 편지들이 켜켜이 쌓여 있을 정도로요."

"그렇…… 군요. 그럼 어째서……."

"황녀님도 아실 겁니다. 그동안 제게 들려온 소문들을요. 그만큼 저는 강해져야 한다는 강박관념에 휩싸였었고, 그러지 못하는 제 몸을 저주하며 애꿎은 사람들을 괴롭혔었죠. 그러다 죽을 결심까지 했었습니다. 소문을 들어 아실 거예요. 제가 무슨 경위로 소드 마스터가 될 수 있었는지."

"마나증폭…… 맞나요?"

난 가볍게 고개를 끄덕여 긍정해 주었다.

"영원히 범인으로서 살아가야 하는 게 운명이라면, 그 운명을 저주하며 전 마나증폭의 술법을 시전했습니다. 그때 그 정도로 저는 이미 정신이 망가져 있었어요. 하지만 그러면서도 마음 한편에 이런 생각을 했습니다. 만약, 정말 만약 이 술법이 성공해 또 한 번의 생이 주어진다면 과거의 잘못을 뉘우치고 가족을 위해, 그리고 남을 위해 살아가겠다고요."

반은 지어냈지만 꿈에서 본 기억에 의하면 하룬은 거의 이런 생각을 했을 거라 확신한다.

그래, 분명 그럴 것이다.

"그래서였군요. 그렇게나 싫어하던 이복동생을 목숨을 걸며 지켜 주고, 무도회장에서 이스칸다 자작의 영애에게도 지난 일에 대해 사과했던 이유는."

아나스타샤 황녀는 내 말을 믿는지 손으로 입을 가리며 놀라워했다.

"그동안 쭉 의문이었어요. 마치 사람이 바뀐 것처럼 너무도 달라진 모습에 정말 하룬 공자가 맞는지를요. 하지만…… 그랬었군요. 그랬던 거였어요."

"괜히 부끄러워지네요."

"아니요, 절대로 부끄러운 일이 아니에요. 하룬 공자는 그야말로 진정한 귀족으로서 잘 처신하고 있다고 확신합니다."

그녀는 갑자기 내 손을 덥썩 잡으며 확고히 말했다.

당황스러워 손을 뒤로 빼내려 했지만, 그녀는 오히려 잡은 손을 자신에게 바싹 끌어당겨 내 행동을 무산시켜 버렸다.

"자부심을 가지세요, 하룬 공자. 만약 제가 다른 분에게 연정을 품고 있지 않았더라면 하룬 공자와의 결혼, 흔쾌히 승낙했을 겁니다. 결코 한 점 후회 없이."

"아나스타샤 황녀님……."

내가 멍하니 황녀를 바라보자 그녀는 갑자기 부끄러워졌는지 황급히 내 손을 놓으며 헛기침했다.

더불어 그녀의 귀가 조금이지만 붉게 변한 걸 발견할 수 있었다.

"그만큼 잘하고 있다는 뜻입니다. 여튼, 다행이네요. 서로 잘된 거 같아서."

그녀는 이 어색한 상황을 모면하듯 찻잔을 홀짝이며 잠시 시간을 두었다.

"유익한 시간이었네요. 이렇게 대화에 빠져들어 보기는 처음이에요. 아, 그렇군요. 제스 오라버니에게 말했던 군주와 신하의 관계를 떠나 마음을 터놓은 채 서로를 대하자는 말이 바로 이런 것이었어요. 그렇죠?"

"비슷하다고 할 수 있죠. 이번엔 황녀님이 먼저 속마음을 말해 주셔서 저도 조금이나마 진심으로 대한 것입니다."

난 볼을 붉혀 부끄러운 마음을 감추며 대답했다.

황녀는 그런 나를 턱을 괸 채 빤히 바라보더니 싱긋 웃었다.

"하룬 공자, 정말 많이 바뀌었어요. 어째서 그리에라 자작가의 영애와 여명의 여제가 당신을 따라다니는지 알겠네요."

"아뇨아뇨, 달라요. 린은 잘 모르겠지만, 여제님만큼은 절대로 다릅니다."

난 손을 척 내밀어 강하게 부정했다.

그 행동이 우스웠는지 황녀는 킥킥거리며 숨죽여 웃었다.

"하긴, 그분이 그런 마음을 품고 있다는 것도 우스운 일이네요. 그분은 왠지……."

"얼음 같은 분이시죠."

"얼음 같은 분이시니까요."

그녀와 내가 동시에 말하곤 서로를 바라보며 눈을 끔뻑거렸다.

그러다 다시 동시에 웃음을 터트렸다.

한동안 황녀와 난 배를 부여잡고 웃기 시작했다.

지금 이 순간만큼은 우리 둘 다 귀족과 황녀라는 신분을 벗어던진 느낌이었다.

"오슬러."

"……네?"

"그분이에요. 제가 연정을 품고 있는 상대."

한참을 웃다 겨우 그친 그녀가 대뜸 고백했다.

난 잠시 저게 무슨 말인지 이해가 가지 않아 눈을 끔뻑거렸다.

"네? 그러니까……."

그러니까, 연정을 품고 있는 상대의 이름이 오슬러라는 건가?

잠깐, 오슬러? 그 이름 어디선가 들어 본 것 같…… 아아아!

"오슬러 드 프리펄츠!"

"쉿!"

내가 소리 지르자 그녀가 다급히 내 입을 틀어막으며 주위를 둘러봤다.

"누가 들을지도 몰라요. 큰소리는 자제해 주세요."

난 식은땀을 흘리며 필사적으로 고개를 끄덕였다.

오슬러 드 프리펄츠.

프리펄츠 왕국의 일곱 번째 소드 마스터이자 황태자.

세상에, 그분을 사모하는 거였어?

"아, 아니, 그런 비밀을 왜 제게……."

"저도 친구가 되어 볼까 해서요."

"치, 친구······ 요?"

"네. 이제 저는 하룬 공자께 감추고 있는 거 없어요. 그러니 친구가 될 수 있겠죠?"

"아니, 아무리 그래도."

"사석에선 하룬 공자도 나를 아샤라 불러도 좋아요. 그 애칭 좋아하거든요. 나도 사석에선 하룬이라고 할게."

황녀는 너무도 거침없이 벌써 친구라도 된 것처럼 말을 놓는다.

대체 이 왕족은 이런 예민한 일엔 거침이 없을까? 정말 그 오빠에 그 동생이구나.

"자, 친구가 된 기념. 받아 주겠지?"

황녀는 척 내게 손을 내밀며 짓궂게 웃었다. 하아, 정말이지······.

난 어쩔 수 없이 그녀의 손을 맞잡았다.

2.

현실의 사건(1)

"지현아, 나왔다."

"어라, 오빠? 이 시간에 웬일이야?"

"성일 군, 안녕하세요."

"안녕하세요. 선생님도 계셨네요."

"네, 항상 이 시간대에 지현이의 상태를 보러 오거든요."

나도 알고 있다.

조금 늦은 밤인 이때, 세라 박사가 지현이를 보러 온다
는걸.

오늘은 내가 세라 박사를 대면하기 위해 일부러 이 시
간에 맞춰 찾아온 것이었다.

"그럼 이제 오빠가 왔으니 내가 없어도 심심하지 않겠지?"

"에이, 벌써 가시게요?"

"그럼 잘 자고, 내일 보자."

"아, 잠시 만요! 전에 말씀해 주셨던 설정에 대해서 드릴 말씀이 있는데, 잠깐 괜찮을까요?"

"설정이요? 아아, 그거 말이군요. 으음…… 좋아요, 조금이라면 괜찮겠죠. 말씀해 보세요."

후아, 다행이다. 이 용무 때문에 찾아온 건데 놓칠 뻔했다.

"음, 우선 그 운명의 실이 엉켜 있는 손가락이 잘릴 경우에 대해 알려 드릴게요. 그저 다른 손가락으로 이동할 뿐이에요. 손가락 열 개를 다 자르면 발가락, 발가락도 전부 자르면 목에 감깁니다."

이건 운명의 실을 가지고 있는 거대한 쥐로 실험할 수 있었다.

처음엔 내 손가락을 잘라 직접 실험하려 했지만, 난 도저히 내 손가락을 자를 수 없었다.

아무리 옆에 신관을 대동해 자르자마자 다시 붙이면 원상 복귀 된다 하더라도 자를 때 고통의 공포 때문에 섣불리 칼을 대지 못했던 것이다.

정말이지 약지 손가락 하나 자른다고 세 시간 동안 마음을 다잡고 얼마나 이를 악물며 칼을 쥐었던지. 그래서 다른 방편으로 거대 쥐를 이용한 것이다.

"즉, 죽지 않는 한 운명의 굴레는 벗어날 수 없다는 뜻 이군요. 흠, 그리고요?"

"현실에서 죽을 운명을 바꿀 순 없지만, 그 반대의 경우는 가능해요."

이건 구하기 어려웠지만, 실험용 쥐 ICR 마우스를 세 마리 가량 분양받아 실험할 수 있었다.

방법은 간단했다.

붉은 운명의 실을 가지고 있는 ICR마우스에게 치사량의 독을 먹여 죽여 보았던 것이다.

"그렇군요. 그 다음은요?"

"마지막으로 내 운명의 실이 아닌, 다른 사람의 엮어진 실을 잡아 이동할 수 있는지 여부에 대해서인데요. 그건 불가능합니다. 저와 다른 사람 둘, 즉, 운명의 실이 세 개가 엉켜 있어도 이동 불가능해요."

여기까지 말하자 세라 박사는 깊이 고심하듯 턱을 매만지다 고개를 끄덕였다.

"알겠어요, 그렇게 짰셨군요. 조금 오류가 보이긴 하지만 썩 나쁘지 않으니 그대로 진행하셔도 될 것 같아요. 그럼, 지현아 나중에 보자."

"자, 잠깐만요!"

"네?"

내 말만 듣고 떠나려 해서 다급히 붙잡았다.

"오류…… 라니요?"

의문이 든 내가 물어보자 그녀는 조금 피곤한 얼굴로 나를 돌아보았다.

"구체적으로 어떤 오류인지 알려 줄 순 없나요?"

"으아, 오빠 집요해. 보는 내가 다 부끄러워."

침대에서 조용히 보고 있던 동생이 시트를 얼굴까지 올리며 부끄러워했다.

그래, 지금 내가 하는 행동이 부끄러운 일이라는 건 나 역시 자각하고 있다.

하지만 그럼에도 알아야겠다. 이 운명의 실에 대해서.

"후우, 성일 군은 저를 꽤나 곤란하게 만드네요. 알았어요, 제가 생각한 오류를 말하면 되는 거죠?"

그녀는 피곤한 얼굴로 다시 의자에 앉았다.

"가장 커다란 오류를 하나 짚어 드릴게요. 성일 군은 그 중세 시대가 전생이라 명명하셨죠? 하지만 제가 보기에는 전혀 아니에요."

"네?"

"애초에 처음 설정을 읽을 때부터 생각했던 거지만, 지금 확실히 말할 수 있어요. 그 중세 시대, 전생이라 부를 만하지 않아요. 오히려 또 다른 평행 세계라 부르는 게 맞겠네요."

"평행…… 세계요?"

현생과 전생이라 부르는 건 내 멋대로 불렀던 거긴 하지만, 평행 세계라니.

너무 뜬금없어 말이 나오지 않았다.

"이해가 가지 않는다는 얼굴이네요. 잘 생각해 보세요. 만약 그 세계가 전생이라면, 운명의 실이 공유될 수 없어요. 불교처럼 전생의 인생이 업보가 되어 미래, 현생에서도 그대로 공유되어 같은 삶을 산다고 억지로 설정을 붙일 순 있겠지만, 그럼 현실에서 성일 군이 운명의 실에 간섭할 수 없어야 개연성이 맞겠죠. 전생이라는 곳은 말 그대로 이미 이루어진 과거니까요. 과거를 바꿔 현실은 바꿀 순 있지만, 현실을 바꿔 과거를 바꾸는 건 불가능하잖아요."

그렇구나.

그래서 세라 박사는 현실에서 운명을 바꿀 수 있는지 실험을 원했던 거야.

"그렇군요. 그럴 수 있겠어요."

내 놀람에 세라 박사는 눈썹을 살짝 찌푸렸다.

"잠깐만요, 설정을 짠 건 성일 군이에요. 오히려 놀라면 곤란하죠. 전혀 생각 못했다는 거잖아요. 아니, 잠깐만요. 혹시 성일 군, 괜한 질문일 수도 있는데…… 운명의 실 설정 모티브는 어디서 따온 거죠?"

"그…… 인연의 붉은 실입니다만."

지금껏 쭉 이게 아닐까 생각했던 것을 말했다.

하지만 내 대답에 그녀는 다시 인상을 찌푸렸다.

"이런, 어쩐지. 일본 설화에 나오는 인연의 실이군요. 월하노인의 청실홍실 같은."

"청실홍실?"

"아, 중국 고사 이야기에요. 음, 옛날 혼례 할 때 청실 홍실을 준비했다는 거 들어 본 적 있으시죠? 이는 천상 에서 월하노인이 미리 한 쌍의 남녀를 청실과 홍실로 묶 어서 배필로 정해 줘야 부부의 인연을 맺게 된다는 이야 기예요. 청실과 홍실을 꼬이듯이 얽혀 오래 살라는 의미 로 준비했다고 하죠. 인연을 이어 준다는 면에선 일본 설 화와 비슷한 맥락이죠."

그녀는 상냥하게 청실홍실 유례에 대해 말해 준 다음, 한호흡 쉬고 다시 말했다.

"어쨌든 그게 중요한 게 아니에요. 성일 군, 그 설정모 티브 조금, 아니, 너무 이상하다는 생각 안 드나요?"

"이상하다고요?"

"네, 저는 줄곧 그리스 로마 신화나 북유럽 신화의 운 명의 세 여신을 모티브로 따온 줄 알았었거든요."

"운명의 세 여신…… 이요?"

전혀 신화에 대해 알지 못하는 나로선 고개를 갸웃거 릴 수밖에 없었다.

"모이라이. 고대 그리스어로 운명이란 뜻의 세 여신입니다. 음, 우르드, 베르단디, 스쿨드란 이름은 들어 보셨죠?"

그건 들어 본 적 있다. 일본 어느 유명한 만화책에서도 사용해서 대중화되었으니까.

아마 울드가 과거, 베르단디가 현재, 스쿨드가 미래를 관장하는 여신이었던 거 같은데.

"표정을 보니 역시 아시는 모양이네요. 하지만 그건 북유럽 신화에 나오는 여신이고요. 제가 말한 건 그리스 로마 신화에 나오는 세 여신이에요. 각자 클로토, 라케시스, 아트로포스라 부르는데, 실을 잣고, 실을 감으며, 마지막으로 가위로 잘라 냄으로써 모든 운명의 시작과 끝을 정하는 여신이라 할 수 있어요."

모든 운명의 시작과 끝을 정하는 여신이라고?

그럼…… 세상에, 그야말로 운명의 실이지 않은가.

"들어만 봐도 설정으로 짜 놓은 운명의 실과 흡사한 점이 많죠? 일본 설화에 나오는 인연의 붉은 실이나, 월하노인의 청실홍실도 인간의 굴레를 말하고 있지만, 생명이 아닌, 인연에 국한되어 있어요. 하지만 그리스 로마 신화나 북유럽 신화에서는 그야말로 생명을 관장하는 운명의 실을 말하죠. 지금 성일 군이 짜 놓은 설정과 흡사한 점이 많다고 생각되지 않나요? 만약 관심이 있다면 모이라이에 대해 조사해 보는 것도 나쁘지 않다고 생각되네요."

그렇구나.

그동안 나는 그동안 운명의 실이 인연의 붉은실이라 착각하고 있었어. 사실 그게 아니었던 거야!

"알았어요, 한 번 그리스 로마 신화에 대해 조사……!"

"성일아!"

그때, 병실 문을 박차듯 들어온 한 남자가 있었다. 그는 내가 너무도 잘 아는 아이였다.

"임상천?"

분명 내가 아는 상천이었다.

그런데 상태가 상당히 이상했다.

얼굴이 마치 흠씬 두들겨 맞은 아이처럼 온통 피멍 투성이었던 것이다.

"어, 야! 너 얼굴이 왜 그래! 이게 무슨 일이야!"

상처가 자못 심각한지라 그를 걱정했는데 상천이는 이런 건 아무래도 좋다는 듯이 와락 내 옷자락을 잡아 늘어트리며 부르튼 입술로 외쳤다.

"도, 도와줘! 지금 세연이가, 세연이가!"

세연이의 이름이 거론된 순간, 직감적으로 뭔가 상황이 심각하다는 걸 깨달았다.

"세연이가 왜! 무슨 일이야?"

"끄윽, 지금 세환 놈 패거리가! 세, 세연이를!"

그는 울분을 참지 못하고 끅끅거렸다.

그런데 세환 놈 패거리라니! 대체 이게 무슨 일이야!

"오, 오빠. 세연이 언니한테 무슨 일 있는 거야?"

"성일 군 이게 무슨……."

동생과 세라 박사가 걱정 어린 얼굴로 나를 바라보았다.

제길, 장소가 좋지 않아.

"별거 아닐 거예요. 상천아, 가자, 가면서 얘기해."

내가 상천이 팔을 잡아끌자 그도 자리가 좋지 못하다는 걸 깨달은 건지 잠자코 내 뒤를 따라왔다.

"임상천, 진정하고 말해. 지금 그놈들이 세연이를 뭘 어쨌는데."

거의 달리듯 병원 밖으로 나와 다시 그 일을 끄집어냈다.

상천이는 나오는 동안 조금 진정됐는지 입술은 조금 떨렸지만, 울거나 하지는 않았다.

"그들이 세연이를 납치했어. 나, 나는 아무것도 할 수 없었어. 어떡해, 어떡하면 좋지?"

"나, 납치라니! 경찰은? 경찰엔 연락했어?"

내 물음에 상천이 녀석은 울 듯한 얼굴로 고개를 저었다.

"녀석들이 내 폰을 부셨어. 그, 그리고 꼰지르면 분명 난 주, 죽을 거야."

"미친놈아! 그렇다고 연락을 안 하면 어떡해!"

내 윽박지르자 상천 녀석은 크게 어깨를 좁혔다.

"젠장, 제발 아직 늦지 않았기를!"

난 일단 무작정 세연이에게 전화를 걸었다.

최근 동생들 문제로 폰 번호를 교환해 놔서 다행이 아닐 수 없었다.

[여, 여보…… 세요.]

두 번째까진 받지 않았다.

그래도 끈질기게 물고 늘어지자 세 번째에 세연이가 전화를 받았다.

"세연아! 나 성일이야! 괜찮……."

[어이쿠, 시발, 누군가 했네. 너 존나 끈질기잖아.]

안부를 묻기 무섭게 이번엔 패거리의 리더인 세환의 목소리가 들렸다.

내 머리엔 확 하고 피가 솟구쳤다.

"미친 새끼들아! 니네가 지금 무슨 짓을 하는지 알아!"

[뭐? 미친 새끼? 개새끼가 면상 안 보인다고 욕을 처하네. 시발, 죽고 싶냐?]

도리어 성질 내는 모습에 기가 막혀 헛웃음이 나오고 말았다.

그 행동이 그의 성질을 더 북돋은 모양이었다.

[뭐야, 웃어? 이 시발 새끼…….]

"닥치고 내 말 잘 들어. 너희들 세연이 털끝 하나라도 건들면 내가 가만 안 놔둔다. 내 말 알아들었냐?"

[허, 아주 기어 오르네. 야 이 개새끼야. 진짜 죽고 싶은 모양…….]

"알아들었냐!"

"으익!"

피어오르는 살기에 옆에 있던 상천이가 몇 걸음 뒤로 물러났다.

후우, 진정하자. 잘못하다간 악력으로 폰을 부술 거 같다.

[이 시발, 자꾸 내 말 끊어 대는데? 이 개새끼가 죽으려고 환장을 했나!]

"너희들 지금 어디야."

[허, 이젠 내 말까지 무시해? 시발, 그래 여기 학교 옆 폐 빌딩이다. 왜, 찾아오려고?]

"그래, 지금 간다. 너희들, 내가 거기까지 갈 동안 세연이 건들지 않는다고 약속해. 안 그럼 나도 지금 경찰에 신고할 거야. 너도 그런 건 원치 않겠지, 안 그래?"

[이젠 협박질까지 하네. 그래, 찾아와. 내 아주 죽여 줄라니까.]

"기다리고 있어."

난 그 말을 끝으로 폰을 끊었다.

"서, 성일아……."

분이 풀리지 않아 바닥을 내려다보며 주먹을 으스러져라 쥐고 있자 상천이가 몸을 벌벌 떨며 조심스럽게 나를 불렀다.

난 상천이를 째려보며 말했다.

"똑바로 말해. 어째서 그놈들이 주말 이런 시간에 학교 근처에 있으며 어째서 세연이는 그런 곳에 있었던 거야."

"그, 그게……."

"임상천!"

내가 강하게 그의 이름을 부르자 상천이는 눈물을 펑펑 흘리며 말하기 시작했다.

"내, 내가, 내가 불렀어. 내가 불러서 그래서, 세연이는…… 끄윽!"

"부르다니. 그게 무슨……."

"세연이가 나올 줄은 몰랐어. 저, 정말이야! 당연히 거절할 줄 알고 그래서, 그놈들이 시키는 대로 전화만 했어. 폐 빌딩으로 나오라고, 할 말이 있다고……."

나는 말문이 막혀 아무 말도 할 수 없었다.

"그럼…… 네가 세연이를 불러서 이렇게 된 거란 말야?"

충격이다 못해 머리가 새하얗게 변했다.

지금 내가 무슨 소리를 듣고 있는 거야.

"그러니까 그게……."

그로부터 시작된 상천의 변명.

상황은 이랬다.

가끔 상천이는 세환 패밀리의 아지트인 폐 빌딩으로 불려 나간 적이 있었단다.

대부분 그냥 신부름 보낼 셔틀로 이용하기 위해서였는데, 오늘도 비슷한 경우로 불려 나갔다.

세환 패거리는 대부분 주말에 폐 빌딩 아지트에서 술과 담배를 즐기며 놀았는데, 오늘도 거하게 마신 건지 대부분 취기가 상당히 올라 있는 상태, 문제는 거기서 생긴 것이다.

"이렇게 좋은 날에 여자가 왜 없냐고…… 세환이가 투덜거린 게 시작이었어. 처음엔 지들끼리 연락해 여자를 꼬시려 했는데 실패해서 결국, 나한테……."

세환 패거리는 상천이 폰을 빼앗아 친구 목록을 검색하다 세연이란 이름을 보았던 듯 싶다.

그 뒤론 빤한 상황.

협박으로 세연이를 부르게 종용했고, 상천이는 설마 세연이가 이런 시간에 나올 리가 없다 생각해 못 이긴 척 전화했던 것이다.

"정말 나올 줄은 몰랐어. 만약 이럴 줄 알았다면 죽어도 전화하지 않았을 거야."

"설령 나오지 않더라도 그러지 말았어야지! 좋아하는 여자애한테 그런 거짓말을 하냐!"

"윽!"

녀석은 설마 내가 그런 사실을 알고 있으리라 생각지 못한 건지 엄청 충격 받은 얼굴로 신음을 뱉었다.

"아, 알고…… 제길, 그치만! 세연이는 나 같은 놈한테 관심도 없었잖아! 걔가 좋아하는 건 너니까! 그래서 가망성이 없을 줄 알고 나는……!"

"그, 그게 무슨 말이야! 그 애가 왜 나를 좋아해!"

"최근 가깝게 지냈잖아! 내가 그런 눈치도 없는 줄 알아?!"

"오해야, 바보야!"

나도 모르게 욕서리가 튀어나왔다.

짜증이 나서 내 머리카락을 마구 헝클었다.

그래서 결국, 뭐야. 이것도 내 탓이란 말이야?

"젠장! 일단 폐 빌딩으로 가……."

"형!"

그때, 저 멀리서 한 소년이 목발을 짚고 필사적으로 다가왔다.

그는 세연이의 동생 유종현이었다.

"지현이한테 들었어요! 누나한테 무슨 일 있는 거죠!"

"그게……."

"저도 데려가 줘요!"

종현이는 목발을 내던지고 내 옷자락을 움켜잡았다.

"위험해. 그냥 여기 있어."

"데려가 줘요!"

난 그 애의 눈을 보고서 아무리 뿌리친다 한들 저 혼자서라도 쫓아올 각오가 되어 있다는 걸 알 수 있었다.

"미치겠네, 정말. 알았어, 대신 절대로 위험한 짓 안 한다고 약속해."

종현은 내 말에 고개를 끄덕였다.

하지만 결의에 찬 눈을 보니 결코 내 말을 들을 것 같지 않아 보였다.

택시를 타고 10분 정도 달렸을까? 우리는 학교 옆 폐 빌딩이 위치한 곳에 도착했다.

"여기에 누나가! 그 새끼들 다 죽여 버리겠어!"

"무, 무기가 필요하지 않을까?"

"잠깐, 너희 둘 멈춰 봐."

폐 빌딩에 도착하기 무섭게 안으로 들어가려는 둘을 말렸다.

"왜요! 한시가 급한 상황에!"

"무작정 우리 다 올라가 봐야 좋을 거 없어. 상천이하고 넌 여기서 기다려."

"어째서요!"

상천인 둘째 치고, 종현이 크게 빈박해 왔다.

역시나 따라 들어올 속셈이었구만.

난 작게 한숨을 내쉬며 말을 이었다.

"만약 우리들이 잘못되면 누가 경찰에 연락할 건데? 게다가 상천이도 다쳤고, 넌 걸음도 제대로 못 걷잖아. 솔직히 너희 둘은 방해만 될 뿐이야. 그러니까 여기서 기다려."

"그래도! 크윽……."

분한지 종현은 목발을 으스러져라 쥐었다.

조금 안쓰럽긴 하지만 지금은 그보다도 세연이의 구출이 더 중요하기에 그를 무시하고 상천이를 돌아보았다.

"상천아, 내 폰 줄 테니까 만약 내가 20분이 지나도 밖으로 나오지 않으면, 망설이지 말고 경찰에 신고해. 알았어?"

"야, 서, 설마 너 혼자 들어가려고?"

"나 복싱하잖아. 차라리 나 혼자가 움직이기 편해."

"아무리 그래도, 저쪽은 네 명이야! 혼자서 어쩌려고!"

"걱정 마. 다 생각이 있어."

솔직히 아무 생각 없다. 그냥 정면으로 돌입하는 방법 밖에는.

하지만 여기선 이렇게 말해 두는 편이 좋겠지.

"유종현, 말 잘 들어. 내가 반드시 네 누나 구출할 테니까 절대로 무리한 짓 하지 마. 내말 알겠어?"

"저는……!"

"나를 믿어라. 반드시 구해 온다."

종현의 눈을 똑바로 바라보며 힘차게 말했다.

종현은 한없이 찡그린 얼굴로 나를 올려다보다 체념하듯 시선을 피했다.

"부탁이에요. 누나를 꼭…… 구해 주세요."

"알았어."

눈물 젖은 얼굴로 하는 부탁을 받아 든 나는 망설임 없이 뒤돌아 폐 빌딩이 있는 곳을 향해 걸어갔다.

걸어가는 동안 아까 오는 길에 약국에서 산 붕대를 꺼내 양손에 칭칭 감기 시작했다.

지금 내가 하는 행동은 밴디지로서 주먹질을 할 때 주먹이 다치지 않게 하기 위한 장치라 할 수 있었다.

하나 단지 손을 보호하기 위해서만 이용하는 게 아니다.

오히려 상대에게 더 많은 타격을 주기 위한 이유도 있다.

감는 방법은 손가락 마디마디마다 타이트하게, 그래도 피는 통하게끔 완전히 조이지 않게 하는 게 요령.

이 밴디지 감는 법은 수십, 수백 번도 더 했던지라 이젠 물 흐르듯 자연스럽다.

쫘악.

쫘악.

양손을 쥐락펴락하며 밴디지가 잘 감겼는지를 확인했다.

좋아, 급조한 붕대지만 나쁘지 않아.

난 손에서 시선을 떼고 폐 빌딩 계단 위를 올려다보았다.

아직 완공되지 않은 빌딩인지라 어둡고 휑한 느낌이었는데, 유독 5층 위만 밝게 빛나고 있었다.

방음도 안 되어 있어 시시덕거리며 웃고 떠드는 소리도 크게 울리고 있었다.

녀석들은 분명 거기 있겠지.

몹시 화가 났지만 어째선지 머리는 더 차갑게 식었다.

예전 같았으면 아무 생각도 못하고 그저 필사적으로 달리기만 했을 텐데.

분명 전생에 있었던 수많은 경험 덕에 이런 차분함을 유지할 수 있는 것이리라.

한 걸음, 한 걸음 계단을 올라갔다.

그렇게 위로 올라갈수록 세환 패거리와 옥박지르는 세연의 목소리가 점점 크게 들려왔다.

세연이의 목소리가 들린 순간, 난 더 이상 평정심을 유지할 수 없었다.

탁, 탁, 탁, 탁, 탁탁탁, 탁탁타다, 다다다다다—

내 발걸음은 조금씩, 조금씩 빨라져 거의 5층에 도달할 때쯤엔 뛰다시피 속력이 나왔다. 그리고 5층에 도달한 순간, 어쭙잖게 나무 판자로 막아 놓은 입구를 발로 걷어차 버렸다.

쾅!

"세연아!"

"우왁! 깜짝이야! '

"어, 이 새끼, 정말로 왔네?"

아무런 가구 하나 없는 휑뎅그렁한 방.

창문이 있는 곳은 대충 비닐과 접착 테이프로 막아 놓고, 가운덴 비닐 돗자리를 깔아 옹기종기 앉아 있었는데, 천장엔 캠프용 걸이식 손전등을 걸어 놓아 음침한 빛이 방 안을 비추고 있었다.

돗자리에 앉아 시시덕거리는 패거리들은 상천이 말대로 잔뜩 술에 취한 건지 다들 얼굴이 상당히 붉어져 있는 상태였다.

주위를 둘러보니 반증하듯 빈 소주병과 안주거리들이

바닥에 아무렇게나 늘어져 있었다.

그리고 난 볼 수 있었다. 어두운 방구석에 잔뜩 두려움에 찬 얼굴로 쭈그려 앉아 있는 세연의 모습을.

"세연…… 아."

세연 얼굴에 피멍이 들어 있었다.

안경도 깨져 코에 걸려 있었다. 옷도 찢어져 살짝 브래지어가 비춰 보였다.

그리고 그녀의 찢어진 치마가 걸레처럼 아무렇게나 바닥에 널브러져 있었다.

윗옷으로 필사적으로 팬티를 가리며 수치심 가득한 얼굴을 하고 있는 그녀를 보자 목이 막힐 정도로 분노가 치밀어 올랐다.

더불어 눈에 핏발이 설 정도로 피가 솟구쳤다.

할 수만 있다면 웃고 떠드는 저놈들의 입을 당장 손으로 찢어 버리고 싶다.

더 이상 웃을 수 없도록 얼굴을 뭉그러트리고 싶다.

진심으로 죽여 버리고 싶다.

푸확!

"흡!"

"뭐, 뭐야!"

진심으로 마음을 먹어서 그런가.

주체할 수 없을 정도로 살기가 터져 나왔다.

젠장, 설마 그때 이후로 또 이런 기분을 느끼게 될 줄이야.

"뭔가 좀 추워지지 않았냐?"

"나, 나도. 하, 시발, 나 좀 취한 거 같아."

"험, 허험! 캬, 퉤! 아 좀 낫네. 야, 시발 새끼야, 잘 찾아왔다. 기다리다 돌아가시는 줄 알았네. 너 아까 전화로 뭐라 지껄였냐? 한번 다시 말해 보시지, 엉? 말해 보라고, 쫄았냐?"

"……너희들…… 세연이한테 무슨 짓을 한 거냐."

뿌득뿌득.

이가 갈려 말도 제대로 나오지 않았다.

지금 내가 이토록 화를 참고 있다는 걸 아는지 모르는지 세환 패거리는 턱턱 막히는 숨을 고르는 데에만 여념이 없었다.

"왜, 왜, 뭐. 어쩌라고. 보, 보면 모르냐?"

"시발, 왜 말을 더듬고 지랄이야! 너 저 새끼한테 쫄았냐?"

"아, 아니, 분위기가 좀. 흠흠! 시발, 저년이 좀 같이 놀자니까 반항해서 저리 된 거 아냐. 다 지 업보지, 안 그래?"

"……."

정말 찢어 죽이고 싶었지만, 난 필사적으로 참고 그들을 지나쳐 세연이가 있는 곳으로 갔다.

세연이는 몸을 완전히 웅크린 채 앉아 있다 나를 발견하곤 한없이 눈물을 흘리기 시작했다.

"으흑, 흐으윽!"

그녀가 흐느끼면 흐느낄수록 가슴이 터질 것 같이 아팠다.

차마 무슨 일이 있었냐고는 물을 수가 없었다.

젠장, 제기랄, 조금만 일찍 왔더라면, 이런 일이 생길 줄 알고 있었더라면!

난 분한 마음을 가까스로 추스르고 입고 있던 겉옷을 벗어 세연의 하반신을 가려 주었다. 덕분에 난 상반신이 노출되었는데, 쭉 해 오던 운동으로 다부져진 근육이 밖에 드러나자 세환 패거리들은 휘파람을 불었다.

"워, 몸 보소."

"어쭈, 운동 좀 했나 본데?"

"저 새끼 복싱한다고 들었어. 아마 그거 믿고 온 걸걸?"

"개새끼가, 운동 좀 했다고 얕보는 모양인데 나도 합기도 2단이야, 새끼야."

죽여 버리고 싶을 정도로 패거리들의 말이 귀에 거슬

렸지만, 일단 난 그들을 무시하고 세연이에게 말했다.

"세연아, 일어설 수 있겠어?"

"끅, 끅."

세연은 울음을 참으며 가까스로 고개를 끄덕였다.

"뒤도 돌아보지 말고 곧장 빌딩 밖으로 나가. 밖에 상천이와 네 동생이 와 있어. 정신 똑바로 차려야 돼, 유세연. 그리고…… 늦게 와서 미안하다."

세연의 어깨를 꽉 누르며 사과하자 내 분노를 느낀 건지 세연인 나를 올려다보며 필사적으로 고개를 저었다.

"그럼, 어서 나가."

"잠깐, 새끼야. 누가 나가도 좋다 했지?"

"저 새끼 봐라. 잠자코 봐주니 아주 기어 오르다 못해 하늘을 뚫을 기센데?"

"야 이 새끼야, 넌 오늘……."

"좀…… 닥치고 있어."

어깨 너머로 그들을 돌아보며 짓씹듯 말하니 가장 가까이 있던 패거리 중 하나가 한 발짝 뒤로 물러났다.

"뭐, 뭐야. 시발, 지금 너 뭐라 그랬어! 엉?"

"야 그냥 냅 둬. 어차피 저놈 족치는 데 방해만 되니까."

광분한 패거리를 말린 건 세환이었다.

그는 그동안 쭉 오징어를 씹으며 내 행동을 주시하기만 했는데, 드디어 입을 연 것이었다.

"야, 빨리 꺼져. 이제 너한테 볼일 없으니까."

세환이 재촉하자 세연은 잠시 내 눈치를 보았다.

아마 나를 걱정하는 것이리라.

"괜찮으니까 어서 가."

난 주저하는 그녀의 등을 밀었다.

그제야 세연인 주춤주춤 움직이더니 방을 나섰다.

"자, 이제 방해물은 사라졌고…… 어디 보자, 아주 새끼, 손까지 붕대로 감을 정도로 각오 단단히 한 모양인데. 왜, 아주 우리 족치고 싶어 죽겠냐? 그런데 이걸 어쩌나. 나도 너랑 같은 생각인데."

세환인 목과 손마디를 뚜둑 꺾으며 자리에서 일어났다.

그가 일어서나 듬직한 몸매가 여실히 드러났다. 한 체급, 아니, 두 체급 위인가.

"세환아, 네가 나설 것까지 있어? 야, 너 복싱 좀 했다고?"

패거리 중 한 명인 조금 뚱뚱한 남자가 거드름 피우며 내게 다가왔다.

"……"

난 쭈그려 앉아 있던 다리를 피고 일어났다.

후우, 크게 숨을 내쉬고 잠깐 손을 털어 긴장을 풀

었다.

"내가 합기도 유단자야. 그거 알아? 복싱 같은 운동과는 차원이 다르다는 거. 넌 오늘 좆 된……."

"시끄러워."

긴장을 푸니 굳어 있던 얼굴도 조금 느슨해졌다.

난 마지막으로 발목을 풀고 살짝 뛰어 몸의 상태까지 체크했다.

그리고…….

빠직!

"쿠억!"

쿠당탕쿵탕!

이가 부스러질 만큼 온 힘을 다해 뚱보의 얼굴을 스트레이트로 날려 버렸다.

"며, 명태……."

"…….."

"…….."

거대한 거구의 몸이 날아가 바닥을 뒹굴다 한쪽 벽에 처박혀 축 늘어졌다.

바닥엔 입에서 뿜어낸 피와 이빨 조각이 바닥을 적셨고, 내 주먹에도 피 묻은 붕대와, 한 방에 너덜너덜해져 끊어진 붕대 조각이 늘어졌다.

그 모습을 본 세환과 그들의 패거리는 모두 하나같이

입을 쩍 벌린 채 말을 잇지 못했다.

"너희들 오늘 전부 다 죽여 버리겠어."

난 늘어진 붕대 조각을 북 찢어 버리며 뒷말을 이었다.

3.
현실의 사건(2)

"며, 명태야!"

"어, 어어?"

"하, 한 방에……."

저들은 지금 이 상황이 믿기지 않는 건지 멍하니 바닥에 널브러져 있는 똥보와 나를 번갈아 보기만 했다.

후엔 하나둘 식은땀을 흘리며 주춤주춤 뒤로 물러났다.

"새끼들아! 쫄지 마! 저깟 놈 하나에 벌벌 떠냐?! 명태 자식은 방심해서 당한 것뿐이야!"

"그, 그래! 시발, 좀 멋있는 척 하는데? 개새끼! 넌 오늘 죽었어!"

세환이 윽박지르자 그제야 정신 차린 패거리 둘은 다

시 투기를 일으켰다.

"봐줄 거 없어! 시발, 오늘 넌 죽었다."

한 명은 바닥에 있는 빈 소주병을 손에 들었고, 또 한 명은 구석진 자리에 있는 공사용으로 쌓아 둔 각목을 잡아 들었다.

맨손으론 안 될 것 같으니 무기를 이용하겠다는 얄팍한 꼼수.

죽인다라…….

아까부터 자꾸 죽인다, 죽인다 그러는데 너희들 정말 죽인다는 게 무슨 의미인지 알고 말하는 거야?

정말 그렇게 마음먹을 때, 무슨 기분이 되는지 알고 지껄이는 거야?

아무것도 모르는 주제에 주저리주저리 입에 담지 마.

성질이 머리끝까지 샘솟아 얼굴이 자연스럽게 일그러졌다.

이렇게 화가 난 적은 정말 빈센트를 상대할 때 이후로 오랜만이다.

"후, 내가 한때 검도 좀 했어. 시발새끼, 죽어라! 흐아앗! 머리!"

각목을 든 놈이 일순간 발을 내딛더니 내 머리를 향해 직선으로 각목을 휘둘렀다.

난 한 발짝 발을 뒤로 빼, 몸을 옆으로 돌리는 것만으로 가볍게 공격을 피해 냈다.

"어, 어어?"

내가 공격을 피하자 오히려 균형을 잃고 앞으로 휘청거리는 녀석.

그는 내가 반격할 줄 알고 다급히 뒤돌아섰지만, 내가 철저히 무심한 눈길로 바라만 보고 있자 얼굴을 붉혔다.

"이, 이 새끼, 날 놀려?! 이야아아앗!"

수치심을 느낀 건지 분노하며 연속으로 각목을 휘둘러 왔다.

하지만 여전히 난, 여유롭게 공격을 피해 냈다.

느리다, 너무도 느리다.

게다가 공격 하나하나가 치명적으로 들어오지도 않는다.

대체 날 죽인다는 놈이 어째서 파워에 진심을 담지 않는 거냐.

겨우 그 정도의 힘으로 머리를 후려쳐서야 사람이 죽겠어?

어깨를 향해 휘두르면 내가 죽겠느냐고!

적어도 나이트 워커 암살자들은 그런 어설픈 공격은 하지 않았어!

크게 휘둘러져 온 공격을 손등으로 후려쳐 막아 내고 놈의 가슴팍으로 돌진했다.

일순간 그의 몸까지 파고들자 당황한 그는 몸을 뒤로 빼려 했지만, 내 공격이 더 빨랐다.

으직!

갈비뼈가 부러질 만큼 온 힘을 다해 옆구리를 강타했다.

갈비뼈는 상당히 단단한 부위지만, 살짝 손을 위로해 해머로 내려치듯 박아 넣으면 의외로 쉽게 골절되기도 한다.

그래서 무슨 의미냐면…… 그래, 일부러 부러트렸다.

"으억, 어어억!"

상당한 고통인지 침까지 질질 흘리며 괴로워한다.

난 보일듯 말듯 웃으며 곧바로 놈의 턱에 이 연타를 먹여 주었다.

빠직!

상당히 날카롭게 주먹이 턱에 들어가면 사람은 정신을 잃는다.

하지만 지금 난 가볍게 기절시킬 만큼 관대하지 못하다. 그래서 머리 전체가 울릴 만큼 턱 정중앙에 내다 꽂았다.

놈의 머리가 상당히 위로 돌아갔다.

내 어깨의 무게가 상당했던 것 보면 K.O될 만큼 큰 한 방이었다는 걸 직감할 수 있었다.

쿵!

"태진아! 으, 으아아아아아!"

각목을 단 놈이 혀를 빼물고 쓰러지자 뒤늦게 소주병을 들고 있는 놈이 치사하게 내 등 뒤를 노리며 달려들었다.

하지만 이 정도는 비열함 축에 끼지도 못한다.

진짜 비열하다면 훨씬 전에 진작 달려들었을 테니까.

난 가볍게 뒤돌아 팔로 소주병을 막아 냈다.

사실 소주병은 깨져 있지 않는 한 무기 축에 끼지도 못한다.

해머처럼 묵직함이 있긴 하겠지만 손잡이가 그래서야…….

"으어?"

가볍게 손으로 쳐 소주병을 뒤로 날려 버렸다. 녀석도 당황했는지 뒤로 날아간 소주병을 돌아볼 정도였다.

역시나 유리는 의외로 미끄럽기 때문에 오히려 손으로 쳐 내면 이렇게 잘 놓치고 만다. 그래도 묵직함 때문에 팔에 좀 멍이 들긴 하겠지만, 이 정도 쯤이야.

"그래서, 이젠 어쩔 거냐?"

소주병에 맞은 팔 부위로 주무르며 말하자 그는 얼굴이 새하얗게 변했다.

이제와 무기가 없으니 두렵기라도 한 거냐?

"죽여 준다며. 맨손으론 못하겠어? 아냐, 의외로 맨손으로도 가능해. 치는 부위에 따라 뇌진탕으로 죽일 수도 있거든? 이렇게 주먹으로 말이야, 관자놀이를 몇 번이고, 몇 번이고, 몇 번이고, 몇 번이고."

짧게 라이트 훅을 허공에 휘두르며 천천히 녀석에게 다가가자 그는 사색된 얼굴로 뒷걸음질 쳤다.

"기절해도 계속, 계속, 계속, 계속…… 그러면 사람은 죽어."

마지막 이마가 붙을 듯이 가까이 간 나는 눈을 마주 보며 중얼거리자 결국, 그는 흐느적 바닥에 주저앉았다.

뭔가 그의 바지에서 흰 김이 피어올라 온다. 더불어 바닥에 노란 물이…… 제길, 싼 거냐.

"사, 살려 줘. 나, 나는…… 억!"

꼴도 보기 싫어 발로 놈의 턱을 걷어찼다.

그러자 아주 보기 좋게 바닥에 나동그라진다.

이렇게 쉽게 기절시키고 싶은 마음은 없었지만…… 뭐 됐나. 이런 들러리보다 중요한 놈이 있으니까.

난 널브러진 놈을 슬쩍 넘어가 세환을 돌아보았다.

그놈은 잔뜩 긴장한 얼굴로 나를 바라보고 있었다.

"……니 성격 원래 이랬냐?"

"알게 뭐야."

신경질 나 대충 말해 버렸다.

내 성격? 그래, 나도 이런 성격이 잠들어 있을 줄은 몰랐다.

"하지만 말이야, 이건 너희가 날 이렇게 만든 거야. 적어도 사람이 해야 할 게 있고, 하지 말아야 할 게 있다는 생각은 안 들었냐?"

"그래서 뭐, 니가 무슨 정의의 사도라도 된 줄 아나 본데. 착각하지 마, 새끼야. 너도 강한 놈 앞에선 설설 기어 다닐 주제에."

"아, 됐어. 나도 설교 따위 하고 싶지 않아. 지금 당장 네 면상을 죽도록 패 버리고 싶은 마음뿐이니까."

퍼석!

"이 개 같은 놈. 그래, 어디 누가 죽나 해보자, 시발아."

세환은 마음을 다잡았는지 근처에 있던 소주병 밑동을 벽에 깨트리며 으르렁거렸다.

"죽일 마음도 없으면서 그런 짓 해 봐야 소용없어."

정말이지 한숨만 나온다.

살기도 하나 내비치지 않는 주제에 소주병만 깨트리면 누가 겁먹을 줄 아나?

그런 행동으로 겁주는 건 적어도 나한텐 통하지 않는다고 멍청아.

"내가 죽일 수 있을지 없을진 두고 보지 그래?"

비웃으며 거드름 피웠지만 내 눈엔 보인다.

깨트린 소주병을 든 손이 자르르 떨리고 있다는걸.

망설일 것도 없이 그에게 다가갔다.

내 발은 거침이 없었다.

어디 찌를 테면 찔러 보란 듯이.

"다, 다가오지 마, 새끼야! 진짜 찌를 거야! 죽여 버리겠어!"

"해보시든지."

"이, 이, 으아아아아아!"

망설이다 힘차게 찔러 들어오는 녀석.

무서운지 눈까지 질끈 감고 있다.

용기는 참 가상하다만 사람의 배를 찔러 피를 볼 자신도 없으면서 휘두르는 공격에 맞아 줄 성 싶냐?

찔러 들어오는 소주병을 옆으로 살짝 피해 낸 나는 왼손 엘보우로 팔을 쳐, 소주병을 떨어트렸다.

그리고 동시에 오른손으로 그의 복부에 한 방.

텅!

마치 북치는 듯한 소리와 함께 그의 등이 크게 구부러졌다.

녀석은 말도 안 나오는지 그저 혀만 쭉 내민 채 괴로워하다 결국.

"우웩!"

아까 먹은 술과 안주거리들을 전부 밖으로 게워 냈다.

"우웩! 우웨엑! 쿨럭, 쿨럭! 꺼윽!"

그는 바닥에 주저앉아 열심히도 토했다.

하아, 아주 많이도 먹었다.

퍽!

난 무심한 얼굴로 그의 얼굴을 냅다 차 버렸다. 그리고 벌러덩 엎어진 그의 복부를 다시 한 번 발로 찼다.

"꺼윽! 그, 그만…… 커억!"

찼다, 그리고 또 찼다.

그래도 분이 안 풀려 한 번 더 찼다.

그 정도까지 가니 녀석은 거북이처럼 몸을 둥글게 말아 완전히 방어 자세를 취했다.

그런 녀석의 등을 밟았다.

생각보다 별로 아파하지 않아 하는 것 같아서 옆구리 간장이 위치한 곳을 발끝으로 찍어 버렸다.

"아아악!"

역시 이곳은 아프겠지.

"아프냐? 그래, 니 몸은 아프겠지. 그런데 남의 몸은 아플 거라 생각은 못하냐?"

말하다 아까 세연의 얼굴이 다시 생각나 열 받아서 다시 한 번 간장이 위치한 곳을 후벼 파듯 발끝으로 날려 주었다.

그러자 녀석은 거의 기절할 듯 컥컥 거리며 자신이 쏟은 토사물 위를 뒹굴었다.

"이게 무슨 소리야! 세환이 있냐!"

그때 어떤 한 남자가 방 안으로 뛰쳐 들어왔다. 하아, 아직 동료가 더 있었던 건…….

"어라? 넌."

"끄윽! 크으으, 크하하하! 늦었잖아! 안성태! 시발, 죽는 줄 알았네."

세환이 갑자기 웃어 젖히며 어기적어기적 일어났다. 뭔가 숨겨 둔 카드가 있을 거라 생각하긴 했지만 설마 저 녀석을 부를 줄이야.

"꼴 좋구나! 크윽, 우릴 가지고 놀아 아주 즐거웠겠지. 개새끼, 어디 좀 있다 그 주둥이 지껄일 수 있나 보자. 저놈이 누군지 알아? 니가 자랑하는 그 복싱계에 유망주다 개새끼야. 너도 들어는 봤겠지? 서울 지역 아마추어 복싱 대회를 우승한 천재 루키. 그게 안성태 저놈이다."

침을 질질 흘리면서도 즐겁게 웃는 세환.

굳이 친절하게 설명 안 해 줘도 잘 알고 있다. 하아, 설마 안성태를 여기서 다시 보게 될 줄이야.

"이성일……."

성태도 나를 잘 아는지 당황한 얼굴을 하고 있었다.

세환만 우리 둘의 사정을 몰라 계속 죽을 듯이 웃고 있었다.

"하하하하! 어때 그 자랑하는 복싱계의 거물을 보니
쫄았냐? 시발, 어디 그 입 좀 놀려 보라고! 안성태, 뭐
해! 저런 새끼 어서 족쳐 버려!"

나한테 당한 게 그렇게 열 받았던 걸까?

핏발 선 눈으로 소리치는 모습이 안쓰럽기까지 하다.

난 하는 수 없이 파이팅 자세를 취했다.

싸워야 한다면 피할 생각 없다.

그래도 까딱하면 내가 당하니 진심으로 경계해야
겠……?

내가 진심으로 싸울 마음을 먹었는데, 어째선지 안성
태는 양손을 들어 공격할 의향이 없음을 내비쳤다.

이게 무슨 일이지?

"복싱계 떨거지랑 시비가 붙었다고 오라더니…… 하
아, 이런 거였냐."

그는 귀찮다는 듯이 머리를 북북 긁었다.

그러다 갑자기 내게 고개 숙여 사과했다.

"야, 이성일. 이놈이 뭔 짓을 했는진 모르겠지만, 내
얼굴을 봐서라도 이쯤 용서해 주라."

"시, 시발! 안성태! 지금 무슨 소리를 지껄이는 거야!"

"김세환, 넌 닥치고 있어. 지금 네가 무슨 실수를 했는
지 알아? 어딜 봐서 이성일 저놈이 떨거지냐? 내가 전에

말 안 했어? 주먹 한 방 먹이지 못하고 날 다운 먹인 녀석이 있다고."

"그게 지금과 무슨 상관…… 서, 설마!"

"그래, 미친 새끼야. 그냥 조용히 살지 왜 잠자는 사자를 건드려?"

"그럴 리가 없어! 저놈은 그냥 우리 반에서 찌질한 놈들이랑 같이 놀 뿐인 애새끼……!"

"그런 애새끼가 이 방을 피투성이로 만들어 놓은 거냐? 나라도 이렇겐 못 만들겠다. 관장님한테 듣기론 착한 녀석이라는데, 대체 너 뭔 짓을 한 거냐?"

"그, 그게……."

세환은 찔리는 게 있는 건지 말을 얼버무렸다.

성태는 주위에 널린 술병과 찢어진 치맛자락을 보고선 다시 한숨을 내쉬었다.

"쯧, 뭔지 대충 알겠다. 이 새끼, 취해서 미친 짓 했구만. 하아, 정말 이딴 놈이 친구라고. 야, 이성일, 네 친구였냐?"

난 말없이 고개를 한 번 끄덕였다.

"젠장, 설마 큰일 치른 건 아니겠지? 쯧, 용서해 줄 마음은 없냐?"

"용서고 자시고 그건 내가 할 일이 아니야. 세연이한테 직접 사과해. 그전까진 받아 주지 않아."

"알았다, 내일 이 녀석들이 그 여자에게 사과하도록 타이르마. 알아들었지, 김세환?"

"내. 내가 왜 사과를……!"

"알아들었지, 김세환."

성난 얼굴로 다시 말하자 세환은 그제야 포기한 얼굴로 어깨를 늘어트렸다.

"그 여자애한테 사과해도 받아 주지 않으면 이 녀석들 죽이든지 말든지 마음대로 해. 아니, 그전에 내가 먼저 죽여 줄게. 짐승 같이 강간하는 놈들은 내 친구고 뭐고 아니니까."

"크윽, 거기까지 가진 않았어!"

변명하듯 외치는 세환.

그랬구나, 그래도 끝까지 가진 않았었구나.

"새끼, 표정 다 보인다. 이제 마음이 놓이냐?"

돌연 성태가 나를 놀렸다.

크흠, 얼굴에 다 드러났나 보다.

"그래도 설마 혼자서 네 명을…… 흥, 역시 내가 잘못 본 게 아니었어. 너, 이번 지역 대회 나오겠지? 너와의 승부는 이런 싸구려가 아니라 그 링 위다. 그것만 기억해라."

"너……."

"성일아!"

그때, 방 안으로 붉은 벽돌을 손에 든 상천이가 들어왔다.

"이 자식들! 내가 다 죽여 버린…… 어, 어라?"

그는 패기 있게 안으로 들이닥쳤지만 방 안에 상황을 보고 벙쪄서 눈을 끔뻑거렸다.

"하아, 내가 올라오지 말라고 했지."

"하, 하지만 위험해 보이는 애가 안으로 들어간 걸 보고 걱정 돼서…… 그런데 이게 무슨……."

상천이는 기절한 세 명의 남자와, 의욕 없이 어깨를 늘어트리고 있는 세환을 보고 말을 늘였다.

"됐다. 세연이는, 설마 놓고 온 거야?"

"그 종현이란 꼬맹이랑 같이 있어."

"그래? 알았다, 우린 이만 가자."

"다…… 끝난 거야?"

"그래, 끝났어. 안성태, 약속은 지켜라."

"그래, 알았다."

난 그가 답한 걸 듣고 상천의 등을 밀며 방 안을 나갔다.

상천이는 끝까지 상황이 어찌 된 건지 몰라 주저하며 내 눈치를 살폈다.

"너, 사과는 했냐?"

"으, 그야…… 이 빰 보이냐?"

"맞을 만하지. 아프냐?"

"얼굴보단 가슴이 더 아프담마."

"그것도 자업자득이지."

"쳇, 매몰찬 놈."

"그래도 이쯤이라 다행이었잖아. 안 그래?"

내 말에 상천인 쑥스러운지 볼을 긁적이며 고개를 끄덕였다.

"고맙다, 또 신세졌다."

"됐어, 인마. 사실 나도 너 한 대 치고 싶지만, 봐주마."

"후아, 다행이다. 너한테 맞는 건 좀 아플 것 같거든."

"엄살은."

녀석과 난 숨죽여 킥킥 웃었다.

"미안해! 용서해 줘!"

"잘못했어! 그땐 내가 어떻게 됐었나 봐!"

"진짜 미안해! 다음부턴 이런 일 없을 거야!"

일주일 뒤, 겨우 병원 신세를 마친 세환 패거리는 학교에 나오자마자 세연이를 향해 무릎 꿇고 사과했다.

그 상황이 어찌나 파장이 큰지 우리 반 학생들은 물론이고, 다른 반, 심지어 선배들까지 구경 나와 우리 반은 완전히 사람들로 가득 찰 정도였다.

세연이는 결코 용서해 줄 마음이 없었지만, 또 주위에 피해가 갈까 봐 마지못해 용서해 주었다.

세연이는 그날, 만약 내가 전화하지 않았다면 큰일을 치를 뻔했다고 했다.

정말 아슬아슬하게 내 전화가 걸려 왔다나?

그 뒤로 수치심을 느끼긴 했지만, 내가 올 때까지 건들거나 하지는 않았다고 했다.

정말 이것만큼은 천만다행이었다.

만약 상황이 최악으로 돌아가 다시는 세연의 웃는 얼굴을 보지 못하게 된다면 도저히 세환 패거리를 용서할 수 없었을 테니까.

여하튼, 그로부터 세환 패거리는 조용히 학교생활을 보내기 시작했다.

가끔 쉬는 시간마다 내 눈치를 보며 자리를 피하거나 했는데 그래서일까? 점점 학생들이 의문을 가지기 시작해 나에 대한 소문이 엄청난 속도로 퍼져 나갔다.

"들었어? 세환 패거리들 저리 만든 게 전부 성일이래."

"정말이야?"

"그렇대도! 믿을 만한 사람한테 얻은 정보라니까!"

믿을 만한 정보라……

"임상천……."

"커흑, 쿨럭쿨럭! 왜, 뭐, 나, 나는 정말 아무 말도 안 했다니까? 그, 그리고 어차피 좋은 거잖아. 너도 유명 인사되고. 안 그래?"

역시나 너구나……

난 한동안 골치가 아파 이마를 감싸 쥐며 학교를 다녔다.

"그래도 손 댔는데 병원비 안 물어서 다행이지."

전생으로 돌아와 내 방 침대에 누워 중얼거렸다.

그날 성질이 폭발하는 바람에 전치 3주 이상 나올 만큼 과도한 상처를 입혔다.

만약 그 녀석들이 신고해 합의를 요구했다면 정말 끔찍했을 것이다.

애초에 그런 일을 대비해 통화 내용을 녹음해 두어서 거침없이 때린 거긴 하지만 저들끼리 쉬쉬하며 그냥 우야무야 넘겨주어 나로선 다행이 아닐 수 없다.

"하룬! 늦었다! 대체 어디 있다 온 게냐!"

"우왁! 아버지?"

아버지가 뜬금없이 문을 벌컥 열어젖히고 들어와 화들짝 놀라고 말았다.

뭔가 급해 보이는데 무슨 일이지?

"이 녀석! 내 오늘 오후 정시에 네 작위 하사가 있을 테니 딴 길 새지 말라 누누이 말하지 않았느냐!"

"아아!"

맞다! 오늘이 바로 그날이었지.

황궁에 온 후, 제스 황자와 아나스타샤 황녀와 친구가 된 이후로는 어쩌선지 아무도 나를 찾는 사람이 없어, 세라 박사가 말한 실험과 현실에서 일상을 보내다 보니 어느새 일주일이 지나 벌써 정식으로 내 작위 하사 행사 일이 찾아왔던 것이다.

분명 내가 황궁에 도착하기 전까지 만해도 이그스타인 황자와 에론 황자와도 면담 일정이 진행되어 있었다.

그런데 어느 날 갑자기 전부 면담을 취소해 버린 것이다.

"서, 설마 잊어 먹고 있었던 거냐?"

정말 믿기지 않는다는 얼굴로 나를 바라보는 아버지.

난 가슴이 찔려 그저 어색하게 웃을 수밖에 없었다.

"허허, 이런 나도 사흘 전부터 심장이 뛰어 잠 한숨 자지 못했건만, 정작 당사자는 잊어 먹고 있을 줄이야. 이걸 대담하다고 해야 할지, 무식하다고 해야 할지⋯⋯."

그냥 대담한 걸로 이해해 주시면 진심으로 감사하겠습니다⋯⋯.

"쯧, 어쨌든 시간이 없다! 어서 복장을 갖추고 홀로 나오거라!"

내가 아버진 엄하게 호통 치며 급히 자리를 떠났다.

어지간히 급한 상황이었나 보다.

난 시녀들의 도움을 받아 예의 귀족들이 즐겨 입는 옷—호박 바지에 흰 타이즈를 겸비한 광대 옷—을 입고 중앙 홀로 나왔다.

"하룬, 이렇게 보니 너도 귀족이긴 하구나."

"쯧쯧, 저리 차려입으면 말끔한 놈이 어찌 평민처럼 수수한 옷을 좋아하는지 원."

홀에는 이미 나와 있는 여명의 여제와 아버지가 서 있었는데 둘 다 말끔하게 옷을 차려입은 상태였다.

아버지야 항상 평복처럼 귀족 옷을 즐겨 입으시니 별다른 모습은 볼 수 없었지만, 여제는 말끔하게 입은 기사 제복을 보고 눈을 떼지 못했다.

그녀의 모습은 예전 무도회장에서 본 모습과 거의 다른 모습을 찾아볼 수 없었다.

하지만 그럼에도 그녀만의 색채랄까?

강하고 늠름한 여장부의 이미지가 어우러져 그 어느 기사보다도 어울린 모습을 하고 있었다.

그 정도로 지금도 아름다운데 만약 위로 올려 고정시키고 있는 금발 머리를 아래로 늘어트리고 드레스 옷을 입는다면…… 우와, 뭔가 무섭다. 얼마나 예쁠지 상상도 못하겠는걸.

"내 모습이 이상한가?"

"네? 아, 아닙니다."

너무 뚫어지게 바라보고 있었던 모양이다.

난 다급히 얼버무리며 홀 바깥으로 나갔다.

홀밖에는 이미 마차와 시종, 안내를 맞은 건지 말 옆에 서 있는 황궁 근위 기사들의 모습도 찾아볼 수 있었다.

"여명의 여제님, 그리고 윈델트가의 주인이신 바그다 인 웬즈 윈델트 후작님을 뵙습니다."

대표로 한 기사가 앞으로 나와 기사의 예를 취하며 우리를 맞이했다.

그렇게 우리들은 기사들의 호위를 받으며 행사가 진행 될 본 궁 중앙 홀 알현실로 안내되었다.

"우와, 엄청나네요."

생각했던 것보다 이번 행사가 대단한 건지 꽤 많은 수의 귀족들이 알현실에 모여 있었다.

그러다 우리 윈델트가를 상징하는 불꽃 마크의 휘장를 본 귀족들은 박수치며 환호했고, 후방에 있던 악단이 뿔나팔과 류트를 치며 환영해 주었다.

난 설마 이렇게까지 환대해 줄지는 생각도 하지 못했다.

아니, 이건 제스 황자 성인식 파티 때와 거의 비슷한 수잖아? 항상 방에 틀어박혀 있어서 잘 몰랐는데 이렇게나 많이 왔던 거야?

"그만큼 오늘은 중요한 날이다. 제국에 또 한 명의 소드 마스터가 탄생했다는 걸 밝히는 날이니까."

"……그렇군요."

소드 마스터.

이 이름의 무게값은 상상을 초월한다.

전에 말하지 않았던가. 소드 마스터란 직위는 황제도 함부로 대할 수 없는 존재라고.

그만큼 제국에 있어선 축복이라는 말이다.

"앞으론 네가 하는 행동 하나하나가 큰 파장을 불러일으킨다는 것을 유념해야 할 것이다. 내 말이 무슨 의미인지 알겠느냐."

"네, 명심하겠습니다."

이럴 때 딴지걸면 화로 돌아오리란 걸 잘 알기에 난 그냥 공손히 고개 숙였다.

역시나 아버진 만족했는지 고개를 주억거리며 미소 지으셨다.

"다 왔다. 어쩌면 네가 공식 행사에서 폐하의 모습을 보는 건 마지막이 될지도 모르겠……!"

아버진 쓸쓸한 눈으로 내게 말하다 갑자기 입을 다무셨다.

대체 무슨 일인가 싶어 아버지가 바라보는 곳을 돌아보니 너무도 믿겨지지 않는 현실을 대면할 수 있었다.

놀랍게도 홀 중앙 끝 왕좌에 앉아 있는 사람은 그웨인 조르브 폰 마카로니 황제가 아니라 그의 아들, 이그스타인 미첼 드 마카로니 황자였던 것이다.

뚜렷한 선의 각진 턱, 볼가에 나 있는 작은 상처, 굵은 눈썹과 부리부리한 눈동자.

난 지금 그를 처음 보는 거지만, 들었던 만큼 남자다운 인상이라 한눈에 알아볼 수 있었다.

아버지는 물론이고, 여제까지 얼굴이 굳었다.

나 역시 지금 이게 무슨 상황인지 파악되지 않아 아무 말도 할 수 없었다.

그런데 주위 귀족들은 전부 웃고 있었다.

지금 왕좌에 앉아 있는 자가 누구인지 인식하지도 못하는 것처럼 우리들을 환영하고만 있는 것이다.

"마카로니가의 이그스타인 1세. 대 제국의 빛이며 유일한 왕이신 조르브 폰 마카로니 황제의 유지를 받아 섭정하여 이제 제국의 수호자이십니다."

알현실 중앙에 서자 의회의 중추 격이라 할 수 있는 늙은 사제가 크게 외쳤다.

잠깐, 섭정? 섭정이라니!

섭정.

말 그대로 국왕이 어려서 즉위하거나 병 또는 그밖의 사정이 생겼을 때 국왕을 대리해서 국가의 통치권을 맡아

나라를 다스리는 일을 말한다.

잠깐, 보통 섭정하는 사람은 황태자가 이어받는 일 아닌가?

내가 놀라고 있는 사이, 여유로운 미소로 일관하던 이그스타인 황자가 자리를 털고 일어나 우리를 맞이했다.

"환영하오, 여명의 여제, 바그다인 후작, 그리고 하룬 공자. 오늘 이 뜻 깊은 자리에 함께하여 감회가 새롭기 그지없소. 나, 이그스타인 미첼 드 마카로니는 폐하의 유지를 받아 황태자로서 섭정하여 제국을 다스릴 것을 맹세하는 바오."

"이그스타인 황자 저하 만세!"

"제국의 수호자 만세!"

황자가 말하기 무섭게 주위 귀족들이 만세를 외치기 시작했다.

자세히 보니 여기 있는 귀족들 모두 이그스타인 황자를 따르는 파벌 귀족들이란 걸 뒤늦게 눈치챘다.

"칫, 검을 들고 오는 건데."

여제가 무언가 상황이 이상하다는 걸 깨달았는지 들릴 듯 말듯 혀를 찼다.

여제는 알현실에 들어오기 전, 어느 기사에게 검을 맡긴 상태다.

그게 규칙이며 예의이기 때문에 그녀도 별다른 저항

없이 검을 맡겼던 것이다.

황자의 선언이 이어지고, 수많은 귀족들이 만세를 부르는 와중에도 아버진 계속 입을 굳게 다문 채 열리지 않고 있었다.

아마 어버진 알고 있을 것이다.

지금 이 자리에서 섣불리 입을 열다간 크게 실수할지도 모른다는 것을.

"오늘은 윈덜트가에서 소드 마스터가 탄생해 제국의 번영을 안겨 준 공을 치하하여 하룬 공자에게 백작의 작위와 더랄, 페린, 가스톨, 베일리아, 피아스트의 땅을 내리고, 3천의 금화와 보물 10점을 수여하겠소. 더불어 섭정을 이어받아 차기 황태자로서 후일에 있을 대관식을 위해 오늘, 모든 의회의 의원들로부터 충성의 맹세를 받겠소."

난 지금 내게 내려진 보물과 땅, 작위 같은 것보다 그 뒤에 이어진 말이 더 귀에 들어왔다.

모든 의회의 의원은 즉, 이 자리에 있는 모든 귀족들에게 충성의 맹세를 받겠다는 뜻이다.

한마디로 지금 이 자리에 있는 여제와 나, 그리고 아버지 보고 충성을 맹세하라는 말과 다름없었다.

여제는 일방적인 언사에 기가 찬지 헛웃음을 지었다.

아버진 눈썹을 살짝 찌푸릴 뿐 역시 아무 말도 하지 않았다.

난 어찌해야 할지 갈피가 잡히지 않아 무릎 꿇고 감사하다 말하기도, 이대로 서 있기도 뭐한 상황이 되고 말았다.

"뭐하는가! 황자 저하께 예를 갖추어라!"

내가 계속 어정쩡하게 서 있자 이그스타인 황자 파벌인 의회 늙은 사제가 호통 쳤다.

난 불안한 눈으로 아버지를 돌아보았다.

그제야 아버진 손을 들어 나를 막았다.

"우리 윈덜트 가문은 제국의 빛이자 유일한 왕이신 황제 폐하의 충성스런 신하로서 명예로운 결정에 아무런 불만도 없습니다."

모두의 시선이 아버지에게 향했다.

쥐 죽은 듯이 조용해진 알현실.

아버진 뜸들이듯 한 번 숨을 고르곤 똑 부러지듯 뒷말을 이었다.

"그것이 정말 황제 폐하의 결정이시라면."

그 말은 커다란 파장이 되어 알현실 전체에 퍼져 나갔다.

4.
계책에 휘말리다(1)

"지금 내가 거짓을 말한다는 것이오? 바그다인 후작?"

"한 점 의심도 없습니다, 황자 저하. 단지 상황이 이렇게 되기까지 어찌 저에게 한마디도 없으셨는지 궁금할 따름입니다."

"흥, 그럼 이걸 읽어 보시오. 아버님이 남기신 글이오."

이그스타인 황자는 이 상황은 예상하고 있었던 건지 품에서 둘둘 말린 양피지 종이를 꺼내 옆에 있는 종자에게 넘겨주었다.

종자는 종종걸음으로 단상을 내려와 아버지에게 종이를 건넸다.

아버지 바로 옆에 있던 나도 슬쩍 종이를 볼 수 있었는데 그 종이엔 마카로니 제국을 상징하는 불을 내뿜는 드래곤 문양 왕의 인장이 찍혀 봉인되어 있었다.

"알다시피 아버진 글을 쓸 힘이 없어 내가 대신 대필하게 되었소. 하나 왕의 인장으로 봉인했으니 그 편지가 거짓이 아니란 건 알 수 있을 것이오."

아버진 잠시 왕의 인장을 바라보다 작게 혀를 차며 '당했군'이라 중얼거리셨다.

"그전에 황제 폐하를 뵙고 싶습니다."

"지금 아버님은 몹시 병중이 위중하시오. 눈을 뜨지 못하신 지 벌써 사흘이 지났소. 그러니 만나도 대화는 불가능할 것이오."

"불과 한 달 전만 해도 그 정도는 아니었습니다! 대체 어째서 갑자기……!"

"지금 내 말을 믿지 못하겠다는 것이오?"

아버진 그 말에 입을 꾹 다문 채 황자를 바라보다 신경질적으로 봉인을 뜯고 편지를 펼쳤다.

편지를 읽는 내내 아버지의 얼굴은 경련이 일어났다.

손도 부들부들 떨리는 걸 보니 잘못하단 종이를 찢어버릴 것 같아 보는 내가 다 조마조마할 정도였다.

"크윽."

"바그다인 후작."

여제가 손을 내밀자 아버진 말없이 침통한 얼굴로 편

지를 건네 주었다.

편지를 받아 든 여제는 간단히 편지를 훑어보더니 피식 웃으며 말했다.

"아주 그럴 듯한 대필이로군."

여제가 그렇게 대놓고 비웃자 황자를 포함한 귀족 전체가 눈살을 찌푸렸다.

"제국의 유지를 이어받은 황자 저하의 앞이다. 말을 조심하라, 여제."

지금껏 팔짱 낀 채 가만히 서 있던 어느 중년의 남자가 부리부리한 눈으로 일갈했다.

금발머리에 풍성한 턱수염도 금색이었는데 멋들어진 갑옷을 입고 있는 걸로 보아 대단한 사람이 아닐까 유추……

"오랜만이군, 전격의 공작."

대단한 정도를 넘어선 사람이었다.

난 놀란 눈으로 중년인을 바라보았다.

저 남자가 그 유명한 소드 마스터 전격의 공작 마틴 드 웨슬리었어?

지금 기백을 감추고 있어서 그런 걸까? 나도 요즘 꽤나 감각이 좋아졌다고 생각했는데 전혀 눈치채지 못했다.

역시 대단하구나. 여제 못지않은 존재감이 느껴져.

그러고 보니 상황이 매우 좋지 않다.

지금 여제는 검이 없는 상태고, 황제가 거주하는 본궁 전체엔 기본적으로 최상급 마나 동결 마법진이 걸려 있어 아버지 또한 마법을 수월하게 사용하지 못하는 상태.

그런 상황인데 주위엔 온통 이그스타인 황자 파벌 귀족과 기사들, 그리고 마틴 웨슬리가 자리하고 있다.

만약 이런 곳에서 싸움이 벌어진다면?

장담할 수 없다. 정말…… 최악이구나.

아마 황자는 이걸 전부 예상해 지금 이 자리를 만든 것이 틀림없다고 생각했다.

이그스타인 황자가 무언가 꾸밀 거란 건 알고 있었지만, 설마 이 정도로 크게 일을 저지를 줄은 생각도 하지 못했다.

제길, 상황이 이런데 제스 황자는 뭐하고 있는 거람.

이대로 가다간 정말 황태자가 결정되어질 판인데.

난 아버지를 슬쩍 돌아보았다.

만약 이 자리에서 맹세를 거부한다면 우리는 반역을 꾀한 셈이 되고, 싸움이 벌어질 것이다.

그럼 거짓 충성을 맹세해 후일을 도모해야 하는 게 역시 좋지 않을까?

"후일의 도모는 불가능하다. 오늘 이 자리에서 모든 의회의 충성의 맹세를 받는다고 했어. 그는 오늘 이 자리에서 모든 걸 전부 끝낼 생각이다."

내 생각을 읽은 것처럼 여제가 중얼거렸다.

"게다가 아직까지 제스 황자의 움직임이 없는 것을 보면 그에게도 무슨 일이 생겼다는 뜻이겠지. 우리에게 지금 답은 없구나."

뒤이은 말에 충격 받아 입이 벌어지고 말았다.

그래, 충분히 그럴 수 있어. 지금 이 자리를 만들 정도로 철저히 계획을 짠 이그스타인 황자가 제스 황자를 그냥 내버려 둘 리가 없지.

"묻겠소, 바그다인 후작. 아버지의 뜻을 받아 섭정을 인정하고, 나아가 차기 황태자로서 대관식을 치를 나에게 충성을 맹세하겠소?"

어찌 보면 거만하게 들릴지 모르겠지만, 황제의 직접적인 말이 없다면 차기 황태자는 첫째인 이그스타인에게 돌아가는 게 맞기에 우리로선 뭐라 말할 수 없는 입장이었다.

아버지도 충분히 인지하고 있기에 그 말에 딴지는 걸지 않으셨다.

"아직 이 일을 논하기엔 조금 이른 듯하옵니다, 황자 저하. 후일, 모든 귀족이 모인 자리에서 다시 얘기하시지요. 여제님, 하룬, 일단 돌아가자꾸나."

"아니, 난 지금 당장 이 자리에서 들어야겠소."

철컹.

황자가 손을 들며 말하자 뒤에 서 있던 기사들인 일제히 검을 뽑아 들었다.

그 의사는 너무도 명백해 아버진 입술을 푸들푸들 떨었다.

"진정 이렇게까지 해야 하는 것입니까!"

아버지가 크게 호통 치자 일부 귀족들이 움찔 뒤로 물러났다.

대 마법 가문의 영주이자 제국 황궁 수석 마법사인 아버지이니 그럴 만도 하다.

"예를 갖추어라! 바그다인 후작!"

마틴 드 웨슬리가 기세를 내뿜으며 일갈했다.

순간 그의 기세에 주위에 있던 기사들은 물론이고, 귀족들은 버티지 못해 쓰러지기까지 했다.

푸확!

그 기세에 맞서 여제까지 말없이 기운을 내뿜었다.

그러니 마치 보이지 않는 두 힘이 중간에 맞부딪혀 서로 밀고 당기기를 반복하는 느낌이 들었다.

"지금 그 행동, 반역을 선고했다고 이해해도 되겠나?"

이그스타인 황자가 얼굴을 굳히며 말했다.

아버진 그런 황자를 증오스런 얼굴로 바라보다 휙 뒤돌아섰다.

"하룬, 여제님 이리 오십시오. 워프 하겠습니다. 세상의 차원의 틈을 열어 명한다, 워…… 크윽!"

주문을 외던 아버지가 갑자기 고통스런 신음을 뱉으며 바닥에 주저앉았다.

"아버지!"

"신성력으로 마나 차단이라니. 크윽, 이렇게나 철저하게 준비했을 줄이야."

아버진 왼쪽 편을 돌아보며 중얼거렸다.

나도 그 시선을 따라 돌아보니 수십 명의 사제들이 아버지를 향해 주문을 외고 있는 걸 볼 수 있었다.

설마 저들이 아버지의 주문을 취소시킨 건가? 아무리 그래도 아버진 7서클 유저인 대마법사.

그런 위치의 아버지가 저리도 쉽게 마법이 취소당할 리가…… 아아! 그렇구나! 최상급 마나 동결 마법진!

최상급 마나 동결 마법진이 발동되어 있는 상태에서 신성력으로 아버지의 마나를 차단했다.

그러니 아무리 아버지라도 당할 수밖에!

"내가 쉽사리 보낼 거라 생각했소?"

이그스타인 황자는 한껏 조소했다.

그 모습이 얼마나 영악했으면 보는 내가 다 화가 나 앞으로 나설 뻔했을 정도다.

"여제님, 하룬을 데리고 윈덜트가로 피신하십시오. 거기서 후일을 도모……."

"그 마음 고쳐먹는 게 좋을 거요, 바그다인 후작."

끼어들듯 다시 이그스타인 황자가 말했다.

"지금 윈덜트가는 류소미온 후작이 직접 주도해 포위한 상태요. 지금 내가 명령만 하면 일시에 반역 집단을 처단하기 위해 검을 들겠지."

"윈덜트가를 얕보지 마십시오, 저하."

"하나 바그다인 후작 당신이 인질로 있는데 과연 힘을 쓸 수 있을까 싶소만?"

"에스다는 그렇게 나약한 아이가 아닙니다."

"윈덜트가에 복수하겠다는 일념으로 검을 든 류소미온 후작도 그리 약한 자가 아니지."

그 말에 아버진 입을 꾹 다물었다.

그렇구나, 완전히 당했다.

우리가 이 궁 안으로 들어온 건 말 그대로 감옥 안으로 들어온 것이나 다름없었던 거야.

"뭐하느냐! 반역자들을 당장 포박하라!"

"감히."

"여제님! 섣부른 행동은 좋지 않습니다."

아버지가 이를 갈며 여제를 막았다. 여제는 당장이라도 뛰쳐나갈 듯이 주먹을 쥐었지만, 행동은 이어지지 못하고 체념하듯 손을 아래로 떨궜다.

그렇게 우리는 이그스타인 황자 계략으로 인해 감옥에

투옥되었다.

"에스다! 에스다 어디 있느냐!"

"저 여기 있습니다, 스승님. 무슨 일이죠?"

백색 마탑의 마탑 주인 그롤헤인은 연무장에서 한창 마법을 연습하는 에스다를 보고 다급히 그에게 달려갔다.

"지금 이럴 때가 아니다! 어서 윈덜트가로 돌아가거라!"

"갑자기 무슨……."

"바그다인 후작이 반역으로 왕궁 감옥에 투옥되었다고 하더구나!"

"반역?"

에스다는 선뜻 지금 말이 이해가 되지 않아 눈살을 찌푸렸다.

"그러니까 아버님이 반역을 꾀했다고요?"

"그렇다더구나! 게다가 지금 류소미온가가 주도해 윈덜트가로 군사가 집결해 있다고 한다."

"그럴 리가 없어요! 이건 누군가의 계략입니다!"

"그럴지도 모르지. 하나 지금 명분은 류소미온가에게 있다. 어서 돌아가 군사를 정비해야 할 것 같구나."

"크윽!"

"에스다, 마음을 다 잡거라. 우리 백색 마탑의 일원은 윈덜트가를 지지할 터이니."

"……고맙습니다, 스승님. 우선 저택으로 돌아가 봐야 겠습니다."

에스다는 그롤헤인에게 꾸벅 고개 숙이고 바닥에 텔레 포트 마법 문양 그려 넣었다.

"성급한 결단은 내리지 말거라! 최우선적으로 바그다 인 후작의 신변이 우선이다!"

"명심하겠습니다. 텔레포트!"

에스다는 저택 홀에 마련된 마법진으로 텔레포트했다.

그곳엔 이미 에스다를 기다리고 있었던 건지 저택 내 수많은 관료들과 이세트, 하룬의 스승인 폰 에버슨까지 자리하고 있었다.

"오라버니!"

"이세트! 괜찮은 거냐!"

"네, 저는 괜찮아요. 하지만 지금 류소미온가의 군사 들이 그렌델 자작 영지 접경 지역을 넘었다는 보고가 들 어왔어요!"

"머라이트 총관! 지금 상황은 어떤가!"

"이그스타인 황자가 강제 섭정으로 왕좌에 앉았습니 다."

"제스 황자는?"

"위험에 처했으나 다행히 이르그 백작가로 피신해 신

변은 무사한 것 같습니다."

"제스 황자 파벌이 이리도 쉽게 당했단 말인가? 대체 어찌하여!"

"이그스타인 황자 파벌과 에론 황자 파벌이 연합해 손을 쓸 수 없었다고 합니다."

"뭐? 에론 황자? 그렇구나. 제 삼 황자와…… 그동안 조용한가 싶었는데 그런 준비를 진행하고 있었던 거였어! 다른 사항은?"

"이걸 읽어 보십시오!"

총관은 작은 양피지 종이를 에스다에게 건네며 부연 설명을 시작했다.

"충성을 맹세하라고 마카로니 수도로 소환을 명했습니다."

"지금 나보고 짐승의 입속으로 머리를 들이밀라는 말인가."

"이건 왕명입니다, 에스다 님. 명령을 거부하면 윈덜트가 전체가 반역자로 낙인찍히게 됩니다."

"이미 반역자 취급당하고 있는데 아무렴 어떤가. 좋아, 원한다면 가 주지. 하나 나 혼자만 갈 일은 없을 거야."

"그 말은……."

"지금 이 자리에서 나 에스다 바인 윈덜트가 임시로 영주직을 이어받아 휘하 영주들에게 명한다! 지금 당장

군사를 소집하라! 머라이트 총관, 이 사실을 전하고 소피
아를 수색하시오."

"명을 받듭니다, 영주님."

"에스다 님, 히지만 그건 반역을 인정하는 꼴입니다."

"에버슨 자작, 우리는 아버님을 지키기로 맹세하지 않
았습니까. 아닌가요?"

"……명을 받듭니다, 영주님."

"감사합니다. 모여 있는 불꽃 기사단은 들어라! 윈델
트가의 칼이자 방패인 아버님이 이그스타인 황자 계략에
넘어가 무고하게 죄수로서 잡혔다! 우리 윈델트가는 이를
바로잡고 제스 황자가 왕위에 앉을 때까지 전면 전쟁을
선포한다!"

"우오오오오오오오!"

"아버님하고 하룬 오라버니는…… 괜찮을까요?"

이세트가 불안에 떨자 에스다는 이세트를 꼭 안았다.

"걱정 말거라. 아버님과 하룬은 강하니까. 게다가 여
제님도 함께 있지 않느냐."

이세트는 여전히 불안했지만 무겁게 고개를 끄덕여 주
었다.

'하룬…… 아버님을 부탁한다.'

마음속으로 하룬에게 부탁해 불안한 마음을 다스리는
에스다였다.

"들어가라!"

기사는 밀어 넣듯 나와 아버지, 그리고 여제를 감옥 안으로 들여 보내고 굳게 문을 잠갔다.

감옥 안은 습기가 가득해 바닥은 축축하고 어디선가 퀴퀴한 냄새가 났다.

군데군데 쥐까지 보일 정도로 열악한 상황이었다.

"일단 앉거라."

아버지는 체념한 건지 구석진 자리로 이동해 풀썩 주저앉았다.

나도 이대로 서 있기 뭐해 아버지 옆에 앉았다.

여제는 별로 앉을 생각이 없는지 맞은편 벽에 기대고 섰다.

"바그다인 후작, 마법은 불가능한가?"

"이 방 전체에 신성술로 마나를 차단시킨 것 같습니다. 여제님은 어떠신지."

"무리다. 수갑에 오러 차단 신성술식이 걸려 있어. 아무래도 철저히 준비한 것 같군."

여제는 수갑에 걸려 있는 오러 차단용 신성술식을 보며 혀를 내둘렀다.

나 역시 수갑이 채워진 후, 살짝 오러를 운용해 봤는데 조금도 오러가 움직이지 않아 포기한 상태다.

신성력은 마나를 배제하는 성질이 있어 마나나 오러를 차단하는 술식을 짜기 좋다고 책으로 읽은 적이 있었는데, 설마 소드 마스터의 오러조차 봉인할 정도라니.

정말 놀라울 지경이다.

"그보다 제스 황자 파벌은 아무 손도 쓰지 못한 건가."

"알현실에 이그스타인 황자 파벌 귀족뿐만 아니라 몇몇 중립을 유지하던 귀족과 에론 황자 파벌 귀족도 있었습니다."

"알고 있다. 그럼 역시 손을 잡은 건가?"

"게다가 제 마법을 차단한 사제들, 태양의 문양 사제복을 입고 있었습니다. 그리고 소드 마스터의 오러를 봉하는 신성술식…… 그건 교황밖에 짜지 못합니다."

"……신성 왕국 그웬델이 관여했다고 생각하는 건가?"

아버진 말없이 고개를 한 번 끄덕였다.

"그럼 제스 황자가 손쓸 틈도 없을 만하군. 이토록 조용히 일을 계획할 수 있었던 건 전부 그웬델이 도와줘서인가. 대체 얼마만큼 제국의 땅을 넘겨주려고 포섭한 건지."

"외부의 간섭은 나라의 패망을 부르거늘, 쯧쯧."

아버지와 여제는 동시에 한숨을 내쉬었다.

"바그다인 후작, 탈출할 수 있는 방법은 없겠는가."

"지금쯤 윈덜트가에도 소식이 전해졌을 겁니다. 저희

가 할 수 있는 건 상황을 지켜보며 에스다가 구해 주길 기다리는 수밖에 없겠지요."

"그전에 인질로서 활용되겠지만."

둘은 다시 한숨을 내쉬었다.

"저기…… 어쩌면 탈출할 수 있을지도 몰라요."

내가 조심히 손을 들며 말했다.

그동안 나를 무시하고 둘만 얘기하던 아버지와 여제는 드디어 나를 돌아봐 주었다.

"이 상황에서 탈출할 수…… 있을지도 모른다고?"

"농담 말거라. 힘도 못쓰고 이렇게나 감시가 철저한데 무슨 수로 탈출할 수 있다 장담하는 것이냐."

"농담 아닌 걸요?"

난 둘을 바라보며 씩 웃었다.

그래, 분명 나는 탈출할 수 있는 방법이 있다. 하지만 걱정되는 것도 있었다.

"제발, 아버지나 사라가 한국에 있어야 할 텐데……."

"뭐?"

"응?"

"그냥 혼잣말이에요. 후우, 어쩔 수 없죠. 지금은 모험을 걸어야 할 정도로 위험한 상황이니까요. 그럼 누구로 해야 하나. 역시 가족인 아버지가 나으려나."

내가 누구를 선택해야 할지 고민하는 그때, 여제가 내

게 다가왔다.

그녀는 흥미로운 얼굴로 나를 바라보며 말했다.

"뭔가 재미있는 생각을 한 건가. 좋아, 내가 할 수 있는 일이라면 도와주마."

"네? 으음, 도와줄 만한 상황은 아니지만…… 좋아요. 사라의 운명의 실을 믿어 보죠."

"운명의 실?"

"운명의 실! 비원의 술법으로 생긴 능력을 말하는 것이냐!"

아버지가 벌떡 몸을 일으키며 외치다 다급히 주위를 둘러보았다.

그러고 보니 운명의 실에 대해 조금 각색해 설명해 준 적이 있었지.

"네, 바로 그거예요. 사라, 잠시 손 좀 주시겠어요?"

여제에게 부탁하자 그녀는 아리송해하면서도 수갑으로 결박당한 양손을 내밀었다.

난 힘겹게 양손을 휘휘 저어 서로의 운명의 실이 꼬이게끔 만들었다.

"그럼, 조금 있다가 다시 돌아올게요."

난 마음을 다잡기 위해 잠시 숨을 고르곤, 꼬인 두 운명의 실을 콱 잡아챘다.

제발 부탁이다. 현실의 세계가 완전히 뒤틀리지만 말

아다오!

우우웅.

노이즈와 함께 세계가 변하기 시작했다.

곧 커다란 현기증이 느껴져 두 눈을 꽉 감았다.

"……빠."

웅얼거리듯 들려오는 목소리. 마치 꿈속에서 동생의 목소리를 듣는 듯한 감각……!

"오빠!"

"우왁!"

갑자기 귓가에 들린 커다란 외침에 뒤로 물러나려다 넘어지고 말았다.

"지현? 어라, 난 분명 여제의 실을 타고……."

"여제라니, 대체 무슨 잠꼬대야. 멍하니 앉아 있더니 정말 자고 있었어?"

"아니, 대체 이게 무슨 영문이지?"

"킥킥!"

너무도 혼란스러워 정신이 없는 그때, 옆에서 숨죽여 웃는 소리가 들려왔다.

멍하니 돌아보니 그곳엔 세라 박사가 손으로 입을 가린 채 어깨를 들썩이고 있었다.

"성일 군, 재미있네요."

"어어? 세라 선생님? 여기엔 어째서?"

"무슨 소리하는 거야! 오빠가 할 말 있다고 지금껏 붙잡아 놓고선."

"붙잡다니 무슨…… 아아아아!"

이제 알았다. 세라 박사였어. 시금 나는 세라 박사가 있는 곳으로 온야!

머리에 충격이 찾아올 정도로 놀랐다.

정말 설마설마 했는데 하, 하하하!

세라 박사였다. 세라 박사가 여제의 현생자였어!

"정말 기가 막히네! 분위기가 비슷하다고 느꼈을 뿐인데 정말 그게 설마, 하, 하하하하!"

"오빠…… 정말 왜 그래? 혹시 어디 아퍼?"

"아차차, 지금 이럴 때가 아니지. 지현아! 손 좀!"

"어? 어어어?"

지현이는 당황해하면서도 손을 내밀었다. 난 다급히 지현이 운명의 실에 내 운명의 실을 둘러 감았다.

"그 행동, 설정에 나와 있는 운명의 실 엮기?"

내 모습을 관찰하고 있던 세라 박사가 살짝 의아해하며 말했다.

"맞아요, 그 행동이죠."

어차피 전생으로 갔다 다시 돌아오면 모두들 이 일은 잊어 버릴 터라 부정하지 않았다.

"운명의 실을 잣고, 실을 감으며, 가위로 잘라 냄으로

써 모든 운명의 시작과 끝을 정한다. 만약 그 상황 속에서 인연도 엮이는 거라면 운명의 실이란 세라 선생님 말마따나 북유럽 신화에 나오는 모이라이가 맞는 걸지도 몰라요."

내 말에 어째선지 세라 박사는 심각할 정도로 표정을 굳혔다.

난 의아해하면서도 뒷말을 이었다.

"그럼, 나중에 뵐게요!"

"성일 군! 기다려 봐요! 저는 그런 말을 성일 군에게 하지 않았⋯⋯!"

이미 엮인 운명의 실을 잡은 터라 세라 박사의 말이 끝나기도 전에 전생으로 들어가 버렸다.

5.
계책에 휘말리다(2)

"우왁!"

"꺅!"

전생에 들어오기 무섭게 누군가와 부딪혀 넘어지고 말
았다.

코끝에 옅은 장미향 내가 스치고 지나갔다. 이 향기,
내가 잘 찾아왔구나.

"오, 오라…… 버니?"

"여, 이세트, 일주일만이네."

내가 이세트를 덮친 듯한 느낌이라 자세가 좀 묘했지
만 어쨌거나 씩 웃어 주었다.

수줍음 많은 작은 소녀는 똥그래진 눈으로 나를 올려

다보다 갑자기 왈칵 눈물을 쏟았다.

"으흐흑! 오라버니!"

"잠깐, 컥! 이건 좀 놓고……."

지금 난 수갑이 채워진 덕분에 목을 조이듯 안겨 든 소녀를 제지하지 못했다.

오러도 못 써 지금 힘도 없는 상태인데 그렇게 껴안으면, 커억!

"하, 하룬? 넌 아버님와 함께 감옥에 투옥됐다고 들었는데 이게 지금 무슨……."

이세트와 함께 있었는지 말에 탑승하고 있는 에스다 형님이 놀란 눈으로 나를 내려다보고 있었다.

알고 보니 지금 내가 서 있는 곳은 이세트뿐만 아니라 에스다 형님, 폰 스승님, 그밖에 불꽃 기사단과 불꽃 마법단까지 전부 모여 있는 상태였다.

"하, 하룬 님!"

"하룬 님 맞지?"

"분명 투옥되었다고 들었는데!"

모두의 눈이 나에게 향해 있었다.

그들이 놀랄 만도 하다.

그들은 내가 아버지와 함께 감옥에 투옥된 걸로 알고 있었을 테니까. 뭐, 그게 틀린 것도 아니었고.

"설명은 나중에 할게요. 일단 이 수갑부터 풀어 주세요!"

철컹.

"후우, 풀었습니다."

"이런 대단한 신성술식이 그려 넣어진 수갑이라니. 하룬, 대체 이게 어찌 된 일이냐."

"저와 여제의 오러를 막기 위해 이그스타인 황자가 준비한 수갑이었어요. 아버지는 그웬델 신성 왕국의 교황밖에 짜지 못하는 술식이라고 했고요."

"교황? 잠깐, 그럼 설마 그웬델 신성 왕국도 연루되었다는 말이냐?"

역시 똑똑한 형님답게 한마디로 답을 유추해 내었다.

난 뻐근한 손목을 풀며 고개를 끄덕였다.

"저는 운명의 실로 몰래 빠져나올 수 있었어요. 하지만 곧바로 돌아가야 합니다. 감옥에서 제가 사라졌다는 걸 이그스타인 황자가 알게 되면 무슨 일이 벌어질지 모르니까요."

"운명의 실…… 그렇군, 그때 말한 미지의 힘을 말하는 건가? 결코 믿지 않았건만 완전히 거짓은 아니었던 모양이구나."

하, 하하. 역시나 에스다 형님은 믿지 않았었구나.

"어쨌든 아버님께 소식을 전할 수 있다는 말이렸다? 하룬, 지금 우리는 군사를 소집해 전쟁을 치를 준비에 들어섰다. 머라이트 총관, 지도를!"

"여기 있습니다."

"보거라, 우린 이대로 북동쪽으로 올라가 이곳, 그렌델 자작 군사와 합류해 류소미온가의 병사들을 양방에서 공격할 셈이다. 여기서 아마 시간이 지체될 거야."

"곧바로 아버지를 구하러 올 수 없다는 말인가요?"

"그래, 우린 류소미온가를 격퇴하고, 동쪽으로 이동해 이르그 백작가로 가, 제스 황자 저하와 합류해 올라갈 생각이다."

"어째서 빙 돌아가죠?"

"지금 우리에겐 명분이 부족하다. 하나 제스 황자와 합류한다면 왕권을 찬탈한다는 명분이 생긴다. 더불어 제스 황자 파벌 귀족들의 군사도 덤으로 얻을 수 있을 거다. 그러니……."

"무슨 말인지 알겠어요. 잠시 동안 감옥에서 숨죽이고 있으라는 말이죠?"

"……이 녀석, 정말 많이 컸구나."

에스다 형님은 생전 처음 보는 미소를 지어 보였다.

우와, 저 형님이 나한테 미소를 지었어?

"그래, 네 말대로 잠시 동안 헛된 짓 하지 말고 기회를 엿보고 있거라. 그리고 내가 신호를 보내는 즉시, 아버지를 데리고 감옥을 탈출해라."

"신호요? 신호를 어찌 알 수 있죠?"

"이걸 네게 주마."

에스다 형님은 자신의 목에 걸고 있는 불꽃 문양의 목걸이를 내게 건네 주었다.

"이건…… 윈덜트 후계자 인장 목걸이잖아요."

대대로 후계자에게 이어져 온 가문의 목걸이.

그래서 항상 어느 때고 몸에 지니고 있던 에스다 형님이다. 그런데 그런 귀중한 목걸이를 서슴없이 나에게 주다니.

"잘 아는구나. 그럼 이 목걸이에 걸려 있는 고대 마법도 알고 있겠지?"

고대 마법이라면 분명…… 아아!

"그래, 이 '파이어 아뮬렛'은 윈덜트가 직계 혈통의 피를 머금은 순간, 그 사람을 주인으로 인식해 10년 동안 불꽃처럼 빛난다고 하는 신비한 힘을 가지고 있다. 그리고 마침 아버님의 계약 기간이 끝난 참이다."

에스다 형님은 그렇게 말하며 주머니에서 주머니칼을 꺼내 자신의 손을 베어 버렸다.

뚝뚝.

그리고 그 피를 파이어 아뮬렛에 떨어트리자 놀랍게도 불꽃 인장이 불타는 것처럼 빛나기 시작했다.

"네가 감옥으로 돌아가면 거리가 멀어져 빛을 잃겠지

만, 내가 수도에 근접한 순간, 다시 빛날 것이다. 그게 신호다. 고대 마법의 술식이니 감옥에 걸려 있는 마법 차단 술식이나 신성술로는 파이어 아뮬렛의 능력을 막을 수 없을 거다."

형님은 그렇게 말하며 목걸이를 손수 내 목에 걸어 주었다.

"나는 네가 싫지만, 그럼에도 우린 가족이다. 이럴 때야말로 우리 윈델트가의 식구들이 한 대 뭉쳐야 한다. 그러니 난 너를 믿겠다. 너도 나를 믿어 줄 수 있겠느냐?"

"……형님."

너무 놀라 입이 절로 벌어졌다.

세상에 고지식하고 그렇게나 나를 증오하던 형님에게서 믿음이란 말을 듣게 될 줄이야.

난 뒤늦게 고개를 흔들어 정신 차리고 가볍게 주먹을 앞으로 내밀었다.

하지만 형님은 그 의미를 모르는지 눈썹만 찌푸릴 뿐이었다.

"어느 마을에선 주먹을 맞부딪힘으로써 서로를 신뢰하는 풍습이 있다고 하더군요."

"……훗, 나쁘지 않군."

곧바로 알아들은 형님은 가볍게 내 주먹에 자신의 주먹을 맞부딪혔다.

"그럼 돌아가 볼게요."

"그래. 아, 잠깐 기다려라. 여기, 아까 푼 수갑이다. 다시 착용하거라."

"네? 기껏 풀었는데 다시 착용하라고요?"

"유식한 것 같으면서도 이런 건 참 생각이 없구나. 감옥 안에서 수갑도 없이 어찌 경비병을 속일 테냐. 이미 신성술식은 풀었으니 얼마든지 네 힘으로 수갑 정돈 부술 수 있지 않느냐."

아아, 그렇구나. 하도 정신이 없어 그 생각을 못했네.

난 부랴부랴 수갑을 다시 착용하고 조마조마한 눈으로 나를 올려다보고 있는 이세트에게 다가갔다.

"그나저나 이세트, 정신없어서 말도 못했는데 꽤나 늠름하게 변했네."

지금 이세트는 경장갑 갑옷을 입은 상태였다.

그럴듯하게 마법 지팡이까지 들고 있었고. 아직 키가 작고 어려 코스프레한 것 같은 느낌이 더 강했지만, 난 내색하지 않고 이세트의 머리를 쓰다듬으며 칭찬했다.

하지만 이세트는 내 행동이 마음에 들지 않은 모양이었다.

"윽, 여기서까지 어린애 취급하시지 마세요. 저도 자랑스런 윈딜트가의 여식이에요. 언제까지고 보호만 받고 있을 거라 생각하면 곤란하다고요."

"그, 그래? 형님, 괜찮아요?"

"하아, 아무리 말려도 굳이 따라오겠다고 떼쓰더구나. 어쩔 수 없었다."

"도련님, 걱정 마십시오. 이세트 아가씨는 제가 항상 옆에서 지킬 테니."

"폰 스승님!"

휘적휘적 내게 걸어온 폰 스승님이 흐뭇한 미소를 지으며 고개를 끄덕였다.

"그런데 스승님 영지는 어찌하고 이곳에……."

"그래 봐야 저 변방 시골에 있으니 제 영지는 걱정 없습니다. 애초에 곡식 창고처럼 농사만 특화시킨 곳이다 보니 저들이 신경 쓰지도 않을 테고요."

"그래도……."

"그만 됐습니다. 제 영지를 걱정하실 시간 있으면 좀 더 윈덜트가를 생각하십시오."

"스승님."

폰 스승님은 말없이 고개를 끄덕였다.

나 역시 마지못해 고개를 끄덕여 주었다.

"이세트를 부탁할게요. 그럼…… 이세트 손 좀 주겠어?"

"……또 사라지려고 그러시는 거죠."

여러 번 이세트의 운명의 실을 이용했더니 이젠 바로

반응이 온다.

난 미안한 얼굴로 살짝 고개를 끄덕였다.

"아버지에게 가 봐야 하니 어쩔 수 없어."

"……알았어요. 그럼 대신 하나면 약속해 주세요."

"약속?"

"그때처럼 절대로 위험한 짓 하지 않기로. 어서 약속해 주세요."

그때라면…… 고성에서의 일을 말하는 건가.

난 조금 망설이다 흔쾌히 고개를 끄덕였다.

"알았어, 약속할게."

"꼭이에요? 꼭!"

"알았다니까. 그럼."

난 이세트 손에 걸려 있는 운명의 실에 내 실을 둘둘 감았다.

"그럼, 형님, 믿고 기다릴게요."

"그래. 아버지를 부탁한다, 하룬."

그 말을 끝으로 서로 엉킨 운명의 실을 잡아챘다.

세상이 급속도로 바뀌 다시 병실로 돌아왔다. 이번엔 눈앞에서 나를 부르는 지현이나 여전히 병실에 있는 세라 박사가 눈에 보여도 당황하거나 하지는 않았……

"성일 군! 대체 무슨 말인가요! 제가 모이라이를 알려 주었다니요! 저는 아직 설명도 하지 않았어요!"

……다른 의미로 당황해 버렸다.

"네? 네에?"

"분명 방금 그랬죠? 운명의 실은 내 말마따나 북유럽 신화에 나오는 모이라이가 맞는 걸지도 모른다고. 분명히 그렇게 들었어요. 일단 말해 두죠. 저는 분명 성일 군이 말한 대로 모이라이에 대해 언급할 마음이 있었어요. 하지만 결코 아직 알려 준 적이 없습니다. 그런데 성일 군은 제가 이미 알려 준 것처럼 말했어요. 그건 마치……."

세라 박사는 잠시 머뭇거리다 몹시 믿기지 않는다는 표정으로 망설이다 힘겹게 입을 열었다.

"……미래에서 제 얘기를 듣고 온 것 같잖아요."

지현이도 놀라 나를 돌아보았다.

난 완전히 얼어 버려 단 한마디도 하지 못했다. 잠깐, 이게 지금 무슨 얘기야.

뒤늦게 머리에서 번개가 쳤다. 그래, 이제 뭔지 알겠다.

내가 어제의 실을 타고 들어온 순간, 현실 세계는 세라 박사와 상담했던 이야기를 없던 것으로 만들고, 다시 상담이 시작되는 평행 세계로 나를 이동시킨 것이다. 그렇기에 이런 오류가 생겨 버린 거야.

최근 세라 박사와의 접점은 병원에서 실험에 대해 상담하려고 얘기를 나눈 게 전부.

그러니 세라 박사와 내가 만나는 평행 세계는 이 당시로 오는 게 자연스러운 일이 아니겠는가.

그래도 놀라운 일이다.

보통 항상 현실에서 운명의 실을 타게 되면 평행 세계는 그 일 자체를 전부 없었던 일로 돌리곤 했다.

지금도 내가 지현이의 실을 타고 넘어간 사건 자체는 지워져 있듯이.

그래서 그때 나누었던 대화 전부가 사라질 줄 알았는데, 설마 저 말이 남아 있을 줄이야. 아마 짧은 간격으로 다시 되돌아온 게 원인일 것이다.

"후우, 죄송해요. 제가 잠시 흥분한 것 같네요."

내가 계속 입을 다물고 있자 세라 박사는 자신의 가슴을 쓸어내리며 마음을 진정시키기 시작했다.

"죄송해요. 순간, 성일 군이 운명의 실을 이용해 전생과 현생을 넘어 다니며 이보다 조금 더 미래의 평행 세계를 경험하고 온 게 아닐까 망상했어요. 아무래도 요즘 잠을 못 자 많이 지친 것 같네요."

세라 박사는 피곤한지 안경을 벗어 눈가를 매만졌다.

난 침을 꿀꺽 삼켰다.

정확하다. 너무도 정확해 무서울 정도다.

"만약…… 그게 사실이라면요?"

내가 말해 놓고도 놀라 다급히 입을 다물었다.

하지만 이미 뱉어 버린 말을 주워 담을 수 없는 법.

지현이와 세라 박사가 멍하니 나를 돌아보았다.

"그게…… 사실이라는 말은……."

"믿기시 않겠지만 전부 사실이에요. 하지만 이렇게 진실을 토로해도 이번 전쟁으로 완전히 평행 세계가 뒤틀려질 테고, 이 일들 전부 없던 일이 되겠죠."

난 자조석인 미소를 지으며 세라 박사의 손을 잡았다.

세라 박사는 너무도 놀라 다급히 손을 빼려 했지만 내가 놔 주지 않았다.

"저는 설정처럼 이렇게 운명의 실을 내 운명의 실과 엮어 전생으로 들어갈 수 있어요. 세라 선생님의 전생자는 제가 너무도 존경하는 분이죠. 지금 저는 그분을 구하기 위해 세라 선생님의 실을 타고 돌아가야만 해요."

"그게 무슨……."

"하지만 이 실을 타게 되면 지금 말했던 일들은 전부 없던 일이 되겠죠. 죄송해요, 도망가는 것 같아서."

"성일 군……."

"오빠……."

"하지만 훗날 정말, 이 사실을 다시 전할 수 있고 믿어준다면 저는 정말 기쁠 거예요. 죄송해요, 이렇게밖에 설명하지 못해서."

"잠깐만요! 성일 군! 방법이 있어요!"

내가 두 실을 움켜쥐려는 순간, 세라 박사가 내 어깨를 잡으며 외쳤다.

"만약, 만약 정말 백 번 천 번 양보해 성일 군 말대로 평행 세계가 뒤틀려 지금 이 일들이 전부 사라진 평행 세계로 이동한다면 저에게 이렇게 말하세요! 'your life is your life!' 그럼 무슨 오컬트 같은 설명을 해도 저는 당신을 믿을 겁니다!"

그녀는 확고히 장담하며 말을 마쳤다.

그러면서도 자신이 지금 무슨 말을 한 건지 뒤늦게 매우 부끄러워하며 얼굴을 붉혔다.

"아아, 내가 지금 무슨 말을 하는 거람."

"고마워요, 그 말 기억해 둘게요."

난 말을 마치고 엉켜 있는 운명의 실을 움켜잡았다.

"설마 동부 지역까지 이동해 은신하고 있었을 줄이야. 덕분에 찾느라 꽤 고생했어."

"……집요. 내 예정일은. 분명. 세 달 후. 블루 아이스 륀이. 될 때라고. 말했을 터."

"언제까지고 기다리는 건 성미에 맞지 않아서."

소피아는 땀으로 덕지덕지 붙은 자신의 갈색 머리를 뒤로 넘기며 상큼하게 웃었다.

그 미소를 본 쉐도우 소드의 회색 공허한 눈이 아주 살짝 찌푸려졌다.

지금 소피아가 있는 곳엔 용병 동료들과 어쌔신 나이트 워커가 대치 중이었다.

이미 한차례 전투가 일어났는지 군데군데 마법이 터진 자리와 쓰러진 사람들도 몇몇 보였다.

두 달 전, 집에선 다시 모험을 목적으로 나온 걸로 되어 있지만, 사실 그녀는 자신의 동료들과, 그동안 모험하며 친해진 용병들의 정보력을 바탕으로 쭉 쉐도우 소드의 종적을 추적했다.

그리고 일주일 전, 동부 지역 과거 400년 전 마가린 제국이 있었던 자리에 은신처가 있다라는 정보를 얻어 바로 오늘, 친분 있는 모든 용병들을 끌고 쉐도우 소드와 대치하게 된 것이다.

"뭐, 처음엔 소드 마스터를 상대로 무모하게 찾아다닐 생각은 없었어. 하지만 조금 이상하더군. 어째서 세 달이란 유예기간을 준 걸까 하고."

그녀는 게슴츠레 눈을 뜨고 쉐도우 소드의 표정을 살폈다.

하나 무표정의 달인답게 조금도 표정 변화는 찾아볼 수 없었다.

"당한 게 있다면 되갚아 주는 게 어쌔신의 철칙. 나름 어쌔신답게 예언장으로 잘 대처한 듯 보이지만…… 당신,

너무 시간을 끌었어. 그래서야 당신의 상처가 쉽게 완쾌될 게 아니라는 걸 알리는 꼴밖에 되지 않잖아?"

소피아는 바로 이것을 파악해 쉐도우 소드를 찾기로 결심했다. 이런 방식이 바로 그녀다운 방법이기도 했고.

결론적으로 하룬이 하려던 일을 그녀는 예고장이 온 그날, 이미 했던 것이다.

"게다가 당신, 류소미온가의 공자를 저버린 덕분에 대귀족 가문을 적으로 돌렸잖아. 지금 상황을 보면 알 수 있어, 그 반동으로 당신의 세력이 유지할 수 없을 정도로 줄었다는걸. 그래서 이런 외지까지 나와 숨을 수밖에 없었겠지. 내 말이 틀려?"

겉보기엔 생각 없이 쉐도우 소드를 찾아 나선 것 같지만 사실, 그녀는 철저히 정보를 조합해 이미 답을 유추해 낸 상태였다.

지금 쉐도우 소드라면 자신의 동료들과 함께 이길 수 있다고.

"크윽!"

"……"

대치 중인 몇몇 나이트 워커들의 입에서 작은 신음 소리가 새어 나왔다.

"윈덜트가. 재미있는. 자들만. 모였군."

쉐도우 소드는 딱히 부정하거나 하지 않았다.

그저 등 뒤에 메고 있던 자신의 애검, 쉐도우 소드란 이름으로 존재할 수 있게 해 준 그림자 검을 꺼내 들었을 뿐.

"그래서. 자신의 묘지는. 이곳으로 정했나."

"흥! 네 묘지겠지. 더 이상 대화는 필요 없다! 홍염의 마도사인 소피아 이스 윈덜트의 이름으로 널 용서하지 않겠다!"

"홍염의 미친개겠지."

"……페리버, 너지."

"윽! 나, 난 아무 말도 하지 않았어! 저, 정말이라니까?"

"나중에 그 미친개의 불꽃 맛을 보여 주지."

"죄송합니다! 소피아 님! 살려만 주세요!"

잠깐, 뭔가 자리에 어울리지 않는 에피소드가 벌어졌지만, 근처에 있는 용병들 전부 이런 일에 익숙한지 눈길도 주지 않았다.

"크흠! 어쨌든! 세상에서 가장 사랑하는 여동생과 남동생을 납치하고, 위험에 처하게 한 죄, 죽음으로 갚아라!"

소피아는 팔을 앞으로 쭉 뻗으며 경고하듯 다시 외쳤다.

그 행동에 나이트 워커들과 용병들은 각자 병장기를 꽉 움켜쥐었다.

둘 중 누가 '돌격'이라 외치면 당장이라도 대규모 싸

움이 벌어질 판이었다.

"하나. 틀린 것이. 있다."

그때 들린 쉐도우 소드의 뚝뚝 끊어지는 음성이 열기를 조금 식혀 버렸다.

그는 그림자 검을 몇 번 허공에 휘두르며 말을 이었다.

"네 말대로. 몸의 상처가. 아직. 아물지 않았고. 이제 나이트 워커를. 유지할 수 없을 정도로. 세력도 줄었다. 하나. 그렇다 해도. 너희는. 나를 이기지 못. 한. 다."

사신의 명령처럼 매우 차갑고 날카로운 목소리. 몇몇 용병들은 기가 질려 절로 뒷걸음질 칠 정도였다.

"이제 와서 허세 부려 봤자야!"

"과연. 그럴까."

쉐도우 소드가 천천히 그림자 검을 들어 올렸다.

그러자 검이 서서히 검은 오러에 감싸여져 완전히 어둠으로 변했다.

그리고 검에 반응하듯 쉐도우 소드 몸에도 오러 신체가 일어났다.

예전, 하룬과 싸울 때처럼 푸른빛이 아닌, 그림자 검과도 같은 칠흑의 검은빛 오러였다.

"칠흑의 오러…… 소, 소피아. 조심해, 범상치 않아."

"흥! 나를 뭘로 아는 거야! 내가 불꽃의 마녀! 홍염의 마도사! 소피아 이스 윈덜트다!"

소피아도 힘을 일으키자 온몸이 붉게 타오르기 시작했다.

비록 오러 신체는 아니지만, 불꽃의 마법을 열 배가량 증폭시키는 자신의 고유술식을 발동시킨 것이었다.

"홍염의 불꽃이다!"

"우오오오오! 소피아가 저 모습이 되면 지는 일 따윈 없어!"

"악적 무리를 처부수자!"

"와아아아아아!"

"잠깐! 소피아 누님! 기다려요!"

막 싸움이 일어나려는 찰나, 후방 도주로를 확보해 두고 있던 용병 셋이 다급한 발걸음으로 허겁지겁 달려왔다.

"뭐야! 지금 한창 중요한⋯⋯!"

"헉, 헉! 지금 윈덜트, 하아, 하아. 지금 윈덜트 가문이 위험에 처했어요!"

"뭐, 뭐? 그게 무슨 말이야?"

"후아, 좀 살겠네. 지금 이럴 때가 아니에요! 윈덜트 가문도 반역 가문으로 낙인찍혔어요! 덕분에 지금 류소미온가와 윈덜트가의 전쟁이 벌어지고 있다니까요!"

"마, 말도 안 돼⋯⋯."

소피아는 진정 망연자실한 얼굴로 연신 고개를 저었다.

"그럴 리가 없어! 어째서 우리 가문이 반역을! 이건 뭔가 잘못된 거야!"

"하이고, 답답해! 지금 마카로니 황궁 감옥에 바그다인 후작님과 여명의 여제, 그리고 그 피스트 마스터인 누님의 동생 분까지 투옥되었어요! 지금 막 윈델트가에서 보내온 소식이에요! 틀림없다니까요!"

"뭐, 뭐라고? 아버지가?"

상황이 정말 심각하다는 걸 깨달은 소피아는 인상을 팍 찌푸리며 쉐도우 소드를 돌아보았다.

두 달만에 겨우겨우 여기까지 도달했다.

그런데 적을 바로 눈앞에 놓고 돌아가야 하다니. 세상에 이런 운명이 있을 수 있단 말인가!

"나도 흘려듣진. 못하겠군. 하룬. 러셀. 윈델트가. 투옥이라."

무표정을 고수하던 쉐도우 소드의 인상이 미묘하게 변했다.

마치 지금 상황이 기쁘기보단 마음에 들지 않는다는 얼굴이었다.

"소피아, 상황이 안 좋다."

3년 전부터 소피아의 동료로서 함께한 전사 죠가 소피아를 뒤로 잡아끌며 말했다.

여전히 소피아의 몸에선 불꽃이 타오르고 있어 뜨거울

만도 하건만 그는 조금도 내색하지 않았다.

"죠……."

"복수 때문에 가족을 잃을 순 없지 않나."

"맞아요, 나도 죠 형 말에 찬성."

항상 개구쟁이처럼 딴죽걸기 전문인 페리버도 죠를 거들고 나섰다.

소피아는 아랫입술을 꽉 깨물었다.

하나 망설임은 그리 길지 않았다.

"지금 당장 윈덜트 가로 돌아간다! 죠, 페리버! 따라와 주겠지?"

"물론이지."

"암요. 안 따라갔다간 통구이 될 것 같으니까."

"저희도 누님을 따라가겠습니다!"

"잠깐, 너희들은 따라올 이유 없어. 이제 너희를 유지할 고용액도 없고……."

"그리 말하면 참으로 섭섭합니다!"

"용병은 의리 아닙니까!"

"쳇, 돈 못 준다는 건 좀 걸리긴 하지만 투자라 생각하지 뭐."

"너희들……."

모든 용병들이 따라나서겠다고 외치자 소피아는 감동했는지 아주 잠시 말을 잇지 못했다.

"어, 설마 소피아 누님 감동받은 거야? 우왁, 그거 좀 싫다. 나 아침에 먹은 게 올라올 것 같…… 우왁! 잠깐, 그 파이어볼 쏘면 나 죽는다구요!"

페리버의 딴죽만 없었다면.

"쉐도우 소드, 목숨 구제한 줄 알아라. 다음에 만날 땐…… 업화의 화염 맛을 보여 주마."

"기대하지."

소피아는 잠시 미련이 남은 눈으로 쉐도우 소드를 바라보다 휙 뒤돌아섰다.

"돌아가자! 윈델트 영지로!"

"우오오오오오오!"

"가자아아아아!"

그렇게 소피아는 발길을 돌렸다.

6.

에스다의 위용

"부숴라! 이곳만 지나면 윈덜트 영지다!"

"반역 집단을 처부수자!"

"와아아아아아!"

류소미온 후작이 투핸드 소드를 치켜들며 외치자 병사들이 함성을 내질렀다.

공성전이 시작한 지 벌써 사흘째. 10만의 병력을 상대로 고작 1만밖에 안 되는 그렌델 자작군은 성벽을 이용해 어떻게든 버텼지만, 그것도 이제 한계에 달했다.

"좌측 성벽이 밀리고 있습니다! 지원을!"

"우, 우측에서도 다수의 적이 성벽을 올라왔습니다!"

"이제 화살이 거의 남아 있지 않습니다!"

"아직, 아직이다! 여기서 뚫리면 그동안 노력해 온 게 전부 허사가 된다! 가족과 영지를 생각해 필사적으로 버텨라!"

망루 위에 올라와 있는 그렌델 자작은 피곤함에 절이 있었지만, 힘차게 외치며 사기를 일깨웠다.

"으아악!"

"사, 살려…… 크아아악!"

"크하하하! 죽어라! 우리가 자랑스런 류소미온가의 검이다!"

한번 성벽이 뚫리자 소수의 병사들이 다수의 자작군을 학살하기 시작했다.

역시 검으로 유명한 류소미온가답게 병사들 또한 백병전이 뛰어났다.

지난 사흘 동안 거의 백병전이 벌어지지 않아 류소미온가가 빛을 발하지 못했지만, 오늘 성벽 위에 올라서니 날개라도 단 것처럼 종횡무진으로 활약하기 시작했다.

"크윽! 어찌 이리도 쉽게! 우리 자작군도 일당백의 전사들이거늘!"

"사흘 동안 한숨도 자지 못해 모두 지쳐서 그렇습니다! 영주님, 이대로라면 성문을 장악당합니다! 어서 피신을!"

"여기서 내가 물러서면 전부 끝이다!"

"하지만 지원군이 올 시간이 한참 지났습니다! 아무래

도 무슨 일이 생긴 게 틀림없습니다!"

"온다! 내가 아는 윈델트가의 에스다 공자라면 무슨 일이 있어도 올 것이다!"

"하나, 영주님!"

"나는 오늘 여기서 뼈를 묻을 것이다! 막아라! 죽어도 막아야 한다!"

그렌델 자작은 결의에 찬 눈으로 외쳤다.

행정관은 그런 영주를 차마 말릴 수 없었다.

"총관, 어떤가."

"예상했던 대로 한참 전쟁 중입니다."

"우리 군사를 눈치챈 느낌은?"

"낌새는 없었습니다."

5만의 병사들을 왼쪽 숲에 잠복시킨 채 상황을 지켜보던 에스다는 슬쩍 손을 들며 외쳤다.

"좋아, 그럼 시작하지. 불꽃 마법단 위치로!"

"위치로!"

"위치로!"

"좌표, 서북 235, 567! 일제히 발사!"

"파이어볼!"

"아이스 스피어!"

"썬더스톰!"

미리 준비하고 있던 불꽃 마법단 5천 명이 일시에 마

법을 발동시켰다.

그러자 형형색색의 마법들이 숲을 뚫고 류소미온 후작을 지키며 대기하고 있던 군사 한가운데 비처럼 쏟아져 내렸다.

"응? 저건…… 나, 남동쪽 방향! 다수의 마법…… 으아아아악!"

"바, 방패병! 류소미온 후작님을 지켜…… 크아악!"

콰과과과과과과과과광!

세상이 멸망할 듯한 소리가 울려 퍼졌다.

곧 땅이 무너지고 하늘에서 번개와 불덩이가 쏟아져 내렸다. 빛으로 된 창이 병사들을 찢어발겼고 기사를 녹여 버렸다.

하늘도, 땅도 병사들이 도망갈 곳은 존재하지 않았다.

에스다의 범위 마법이 시전된 곳은 그야말로 죽음의 신 타나토스가 강림한 것 같이 사람의 흔적은 찾아볼 수 없을 정도가 되었다.

"으으으윽…… 파, 팔이…… ."

"이, 이게 대체…… ."

일순간에 본대 중심부가 초토화돼 버린 상황이 믿기지 않아 모두들 허망하게 파괴의 흔적을 바라보았다.

특히 류소미온 후작은 망연자실한 얼굴이 되어 있었다.

"적이 혼란에 빠졌다! 불꽃 기사단! 차징!"

"차징! 준비 완료!"

"차징! 준비 완료!"

"돌겨어어어억!"

"병사들은 불꽃 기사단을 뒤따라라! 적은 혼란에 빠졌다! 적을 학살하라!"

"우오아아아아아아아!"

에스다가 외치자 창을 어깨에 파지한 불꽃 기사단이 일시에 숲을 빠져나와 혼란에 빠진 류소미온 본 군 측면을 향해 내달렸다.

병사들도 기사단의 뒤를 따라 함성을 내지르며 뛰쳐나갔다.

"기, 기마단이다!"

"다수의 기마단이 측면에서 돌진해 오고 있습니다!"

"창병! 우측으로 반전하라! 기사단을 막아라! 궁병! 일제 사격!"

아무리 혼란에 빠져 있다지만 역시 류소미온가의 정예병답게 재빨리 우측으로 반전해 창병들이 창을 땅에 박아 넣고, 궁병들 또한 재빨리 화살을 쏘아 날렸다. 하나 에스다는 이 정도는 예상했던 바라 별로 놀라지도 않았다.

"지금이다! 불꽃 기사단! 실드!"

"보호의 방패여! 실드!"

"프로텍션!"

"바람의 벽이여!"

에스다의 명령이 떨어지기 무섭게 불꽃 기사단 전원이 손을 앞으로 내밀며 각자 실드를 시전했다.

따다다다다다다당.

정면으로 날아오던 화살들이 보이지 않는 벽에 막혀 허망하게 튕겨 나갔다.

그 모습을 본 류소미온가 병사들은 경악하지 않을 수 없었다.

"뭐, 뭐야! 기사단이 실드 마법이라니! 전부 마법사란 말인가!"

"아, 아닙니다! 저건 아티팩트입니다! 전부 실드 마법이 걸려 있는 아티팩트를 가지고 있습니다!"

"그, 무슨……!"

"우, 우와아아악!"

"크아아아악!"

보통 화살로 말의 수를 줄인 후, 창병이 막음으로써 돌진을 저지해야 하는 게 정석이지만, 말 앞에 실드 마법이 전개되어 있는 탓에 화살은 물론이고, 창마저 무용지물로 만들어 버려 조금도 기마단의 속력을 줄일 수 없었다.

"이대로 병력을 갈라 버려라!"

"병사들이여! 갈라진 병력을 처단하라!"

"와아아아아아아!"

불꽃 기사단에 의해 병사들이 양분된 탓에 뒤따라온 윈딜트가 병사들에게 학살당하기 시작했다.

그 시간까지는 무척 짧은 시간이었음에도 불구하고 본대는 괴멸 직전까지 오게 되었다.

"어, 어어? 보, 복병?"

"보, 본대가 위험하다! 퇴각, 퇴각하라!"

"류소미온 후작님을 지켜라!"

"류, 류소미온가의 병사들이 빠집니다!"

"지, 지원군이다! 적의 측면으로 지원군이 기습했다!"

"지금이다! 적은 혼란에 빠졌다! 성문을 열고 적을 뒤쫓아라!"

윈딜트군이 본대를 치자 한창 공성 중이던 병사들도 혼란에 빠져 급히 뒤로 후퇴했고, 그렌델 자작은 지금이 기회라 여겨 재빨리 병사들에게 명령했다.

"지원군이다! 윈딜트가의 지원군이다!"

"적이 혼란에 휩싸였다! 나가자아아아아!"

"적을 처단하라! 죽여라!"

"우와아아아아아아아아아아!"

그렌델 자작군은 이미 지칠 대로 지쳤지만, 지원군이라는 말은 가뭄 속에 내린 한줄기의 비처럼 사기를 일시에 끌어 올렸다.

병사들은 그동안 당한 것을 일시에 풀기라도 할 것처

럼 악귀가 되어 적의 등 뒤를 쳤다.

그러자 한순간에 등 뒤를 잡힌 류소미온가는 난처한 상황에 처하게 됐다.

"뒤에서 자작군 병사들이 쫓아옵니다! 맞서야 합니다!"

"하지만 본대가 위험하다! 여기서 다리가 묶일 순 없다!"

"하나…… 크윽! 어서 달려라! 류소미온 후작님이 위험하다!"

"끈질기게 붙어라! 승리는 우리의 것이다!"

"죽어라!"

"이, 이것들이! 크아아악!"

완전히 뒤를 잡힌 류소미안가의 병사들은 이러지도 저러지도 못해 혼란은 점점 더 가중되기 시작했다.

그 모든 걸 보고 있던 류소미온 후작은 이를 갈았다.

"으ㅇㅇ으, 에스다아아! 네 이노오오오옴!"

폭발한 류소미온 후작이 검을 꼬나 쥐고 말을 박찼다.

"후, 후작님을 따라라!"

"후작님을 뒤따라라! 이랴!"

류소미온 후작이 움직이자 호위 기사단도 일시에 후작 뒤를 쫓았다.

류소미온 후작은 막 말을 타고 도착한 에스다를 향해 기습하듯 직선으로 내달렸다.

지금 이 혼란을 잠재우는 방법은 지휘관의 머리를 베

어 버리는 것.

겉만 보면 류소미온 후작이 광분에 나선 것 같지만, 사실 후작은 전부 계산하에 말을 박찬 것이다.

'근접전이 되면 내가 월등히 위다!'

아무리 윈덜트 가문에서 태어난 마법의 천재이자, 백색 마탑주가 인정한 신성이란 소문이 자자한 에스다라 할지라도 일단 근접전이 되면 역시 마법보단 검이 우월하다.

류소미온 후작은 기습적으로 달려들어 근접전을 노린 것이었다.

"우측 방향에서 류소미온 후작이 일단의 기사단을 이끌고 돌진하고 있습니다!"

"흥, 내 머리가 그렇게도 가지고 싶었나. 좋아, 그 승부 받아 주지."

냉철하고 현명한 에스다지만 받아 주면 받았지 절대로 도망가거나 뒤로 빠지는 성격이 아니었다.

어찌 보면 마법사보다 기사에 어울리는 성격이라 할 수 있었다.

"붙어라! 일단 붙으면 우리가 유리하다!"

류소미온 후작이 외쳤다.

기사단은 이제 날아올 마법을 대비해 전부 방패를 꺼내 들었다.

"도련님, 뒤로 피하십시오! 여긴 저희가 맡겠습니다!"

"오라버니 위험해요!"

"필요 없다."

에스다는 병사들과 이세트의 만류에도 불구하고 말에서 내려 앞으로 나섰다.

어찌 보면 무모하기 그지없었지만, 에스다는 자신의 마법 실력을 믿고 있었다.

"위, 위험합니다!"

"나를 누구라고 생각하는 거냐. 모두 물러서라!"

에스다는 오히려 근처에 있는 병사들을 뒤로 물렸다.

이제 류소미온 후작이 이끄는 기사단과 자신의 거리는 10초면 도달할 수 있는 거리까지 오고 말았다.

에스다는 자신의 마력을 전부 개방하며 외쳤다.

"다중 술식 전개! 마나의 에너지, 매직 에로우!"

에스다가 외치자 허공에 무수히 발동하는 마법진들.

일순간에 허공 전체를 마법진으로 도배해 버렸다.

"마, 마법진이! 저, 저게 뭐야!"

"수십…… 아, 아니 수백…… 더 늘어나고 있어!"

"일순간에 저리도 많은 마법진을!"

"괴, 괴물이냐!"

모두가 경악할 만했다.

대륙에 이렇게 고속으로 다중 술식을 영창하는 마법사

는 존재하지 않기 때문이다.

에스다의 특기, 다중 고속 영창.

이는 마탑주도, 바그다인 후작도 따라하지 못하는 에스다만의 특기.

바로 이것 때문에 마법의 천재라는 말이 붙은 것이고, 그런 사실을 모른 류소미온 후작은 경악하지 않을 수 없었다.

마법진 안에서 빛으로 이루어진 화살이 생성되기 시작했다.

이제 에스다와 기마단은 5초면 당도할 거리가 되었지만, 류소미온 후작을 포함한 기사들 전부, 사기는 최악으로 떨어져 버렸다.

"흐아아아아아아아아아아앗!"

에스다가 마력을 떨쳐 내듯 손을 휘두르자 수백 개의 빛의 화살이 기마단 중심으로 떨어져 내렸다.

마치 하늘에 반짝이는 수백 개의 유성을 보는 느낌이었다.

"오, 온다! 마, 막…… 크아아악!"

"너, 너무 많아아아!"

단순히 한 손 방패로 막을 수준의 수가 아니었다.

우선 기사의 몸을 지킬 수 있겠지만, 말이 먼저 쓰러지고, 바닥이 터져 나가 넘어지는 말들도 부지기수였다.

투두두두두두두두두두두두두두.

바닥이 일어나고 모래 먼지가 흩날렸다.

몇몇 말들이 공중으로 튕겨 나가고 말에 밟혀 짓뭉개지는 기사들이 처참한 비명을 내질렀다.

후우우웅.

"……."

"……."

"……."

마법의 폭격이 끝나자 서 있는 말과 기사는 단 한 명도 없었다.

그걸 보고 있던 아군조차도 말없이 침을 꿀꺽 삼켰다.

만약 자신이 저 자리에 있었다면…… 하는 상상을 하며.

"크으윽, 대체…… 저런 괴물이…… 윈덜트가는, 괴물들의 집단이란 말인가…….."

한쪽 팔이 으스러진 류소미온 후작은 어기적어기적 일어나며 중얼거렸다.

이미 자신을 쫓아온 기사단은 괴멸되었다.

자신이 지금 산 것도 천운에 가까웠다. 그 정도로 에스다의 다중 마법 시전은 끔찍했던 것이다.

"류소미온 후작을 붙잡아라!"

"후작니이이임! 여기는 저희가 맡겠습니다! 어서 피신을!"

"크으으윽!"

뒤늦게 도착한 병사들이 류소미온 후작을 지키며 외쳤다.

류소미온 후작은 주위를 둘러봤다.

공성전을 하던 병사들은 후방에 추격하는 그렌델 자작군 때문에 이러지도 저러지도 못하고 있었고, 후방에 있는 본대는 윈덜트가의 기사단과 마법단 때문에 완전히 혼란에 휩싸여 있었다.

적어도 자신이 계속 본대에 남아 있었더라면 어찌어찌 수습했을 텐데, 적장의 목을 베어 상황을 반전시킨다는 아둔한 생각이 더더욱 상황을 최악으로 만들고 말았다.

이미 상황은 처참할 정도로 기울어 버렸다.

여기서 후퇴한다 해도 자신이 살 수 있을지도 모를 정도로.

"젠자아아아앙!"

류소미온 후작의 저주 어린 절규가 전쟁터에 울려 퍼졌다.

"급보입니다! 류소미온가의 군사들이 윈덜트가의 양동 공격에 괴멸되어 퇴각 중이라고 합니다!"

"오오오오오오!"

한참 우울하게 자리를 지키고 있던 귀족들이 벌떡 일

어나 환호했다.

이그스타인 황자의 계책으로 죽을 뻔했지만, 겨우 피신한 제스 황자와 지지하는 귀족들.

그들은 현재 이르그 백삭가에 몸을 움츠린 채 상황을 살피고 있었는데, 갑작스런 급보에 흥분했다.

"황자 저하! 지금이 기회입니다!"

"이대로 움츠리고 있을 순 없습니다!"

"저희도 출격해 윈덜트가와 함께 수도를 탈환해야 합니다!"

귀족들 전부 하나된 것처럼 밖으로 나가야 한다고 외쳤다.

제스필드 황자는 그런 귀족들을 둘러보다 잠시 눈을 감고 생각에 빠졌다.

하나 그 순간은 매우 짧았다.

"제후들은 전부 내가 왕권을 찬탈하길 바라는 겁니까?"

"당연합니다!"

"왕좌는 제스필드 황자 저하께서 앉아야 할 자리입니다!"

"어서 반역 무리를 처단하고 진정한 황제가 되셔야 마땅하옵니다!"

"……결국, 가족 간의 혈투를 보길 원하시는군요."

"그, 그건."

"하지만 이미 돌이킬 수 없는 지경이 찾아온 상태니 이 또한 신의 뜻이라면……."

제스 황자는 천천히 자리에서 일어났다. 그의 눈은 천장 너머 하늘을 향하고 있었다.

"검을 들어야겠지요. 갑시다, 윈덜트가와 합류해 수도로 진격합니다!"

"우, 우오오오오오!"

"제스필드 황자 저하 만세!"

"황제 폐하 만세!"

제스필드 휘하 제후들은 움츠렸던 어깨를 피고 드디어 마지막 혈전을 맞이할 준비에 들어섰다.

"응? 먼지 구름? 어엇! 서쪽 방향! 서쪽 방향에서 일단의 병력 발견!"

"저 깃발은…… 류소미온가다! 류소미온가의 병력입니다!"

"혁, 혁. 무, 문을 열어라! 우리는 류소미온가의 기사다!"

"잠시 기다리시오! 정확한 신분을 확인하겠소!"

"어서 문을 열어라! 류소미온 후작님이 위독하시다!"

기사는 류소미온 후작을 부축한 채 외쳤다.

류소미온 후작의 상태는 말도 못할 정도로 엉망이었다.

한쪽 팔은 으스러진 채 축 처져 있었고, 등에는 부러진 화살 하나가 박혀 있었으며, 머리에선 피까지 흐르고 있었으니까.

정말 살아만 있지 중상이나 마찬가지였다.

성문을 지키는 병사도 류소미온 후작의 얼굴을 알고 있었기에 그 부분은 의심하지 않았다.

"크으으윽! 내 기필코, 이 수모를…… 커흑!"

후작은 이를 갈다 각혈했다.

아무래도 내장까지 상한 것 같았다.

"이, 일단 문을 열어라! 그리고 어서 황자 저하께 보고해!"

경비 대장 명령에 성문을 지키던 경비병은 다급히 궁성 안으로 뛰어 들어갔다.

"급보입니다! 서쪽 방향에서 류소미온 병력을 발견했다는 보고입니다!"

"류소미온가? 그럼 설마 패전했단 말인가!"

이그스타인 황자는 왕좌 팔걸이를 거칠게 내려쳤다.

"병력은, 병력은, 얼마 정도 남았느냐!"

"일, 일만도 채 안된다고 합니다."

"구만을 잃었다는 말인가! 빌어먹을! 역시 내가 직접

지휘했어야 하거늘!"

"어찌할까요."

"일단 들여보내라. 류소미온 후작은 바로 나에게 오라 지시하고."

"명을 받듭니다!"

보고한 병사는 기사의 예를 취하고 다시 밖으로 나갔다.

"크윽, 설마 그 많은 병력을 잃을 줄이야. 내 그리 믿었거늘."

"황자 저하, 병력을 잃은 것보다도 더 큰 문제는 류소미온가가 당한 게 생각보다 빠르다는 겁니다."

전격의 공작 마틴 드 웨슬리가 진중한 표정으로 말했다.

"분명 이를 빌미로 각 진형에 사기가 고조되어 뛰쳐나올 겁니다. 수성을 준비하셔야 할지도 모릅니다."

"제스가 진격할 거란 말이오?"

"이미 윈딜트가와 합류했을지도 모르지요."

"쯧, 역시 그때 놓치지 말아야 했는데."

이그스타인 황자는 안타까움에 혀를 찼다.

제스 황자의 기습은 거의 성공적이었다.

몇 초만 빨랐어도 분명 그의 머리는 효수대에 걸렸을 것이다.

"영악한 놈. 낌새를 눈치채고 있었을 줄이야."

비록 전체적인 상황은 몰랐지만, 제스 황자는 군사들의 움직임과 진행되는 상황이 이상하다는 걸 느끼고 곧바로 대피로를 마련한 채 상황을 주시하고 있었다.

그래서 빠른 대처로 포위해 잡으려는 걸 피해 도망갈 수 있던 것이다.

"그래도 제스 놈의 세력은 대부분 잡았으니 우리의 병력이 훨씬 상회하오. 아무리 윈덜트가와 합류한다 할지라도 요새라 불리는 이곳을 감히 쳐들어올 생각을 하겠소?"

제스 황자는 놓쳤지만, 그 휘하 귀족들은 붙잡아 포섭에 응하지 않은 귀족은 전부 감옥에 가뒀다.

이들은 전부 인질인 상태라 그 귀족 세력은 군사를 일으키지 않을 터.

그렇다면 제스 황자 파벌 전력이 반 이상 감소된 거나 마찬가지란 말이다.

게다가 가장 중요한 건 눈에 가시였던 여명의 여제와 하룬, 바그다인 후작까지 잡은 상태.

가장 큰 변수이자 걸림돌까지 제거했으니 이길 수 없다는 생각 자체가 무리인 상태였다.

하지만 웨슬리 공작의 미간은 펴지지 않았다.

"윈덜트가의 저력은 얕보지 않는 게 좋습니다. 특히나 에스다라는 공자는 만만치 않은 상대일 겁니다."

"공작이 그렇게 말할 정도의 상대요?"

"일찍이 마법의 천재라 불린 청년입니다. 무엇보다도 백병전 하나만큼은 황궁 병사 못지않은 류소미온가의 병력을 거의 전멸시킬 만큼의 머리도 가지고 있죠."

"크흠, 하긴. 아무래도 병사를 정비해야겠소. 그대가 총대장을 맡아 주시오."

"명을 받습니다."

웨슬리 공작은 살짝 고개 숙인 후, 알현실 밖으로 나갔다.

"웃차! 여기, 오늘 채집한 것들 여기 놔두겠네."

"음, 수고했네. 이제 자네도 수렵꾼이 다 되었군."

헐크가 부하들과 함께 채집한 열매들을 바닥에 내려놓자 마챈챈은 이가 보일 만큼 씩 웃으며 헐크 어깨를 툭 쳤다.

"이 고생 하루이틀 해 봐야지. 아, 오늘은 넉넉하게 더 챙겼어. 대신 그 개다래나무술 좀 얻을 수 없을까? 요새 우리 애들이 불만투성이라. 무슨 말인지는 알지?"

"흠, 아직도 산적 기질 못 버렸나? 여튼, 알겠네. 잘 따라 준 보답으로 베베에게 일러 두지."

"흐흣, 애들이 좋아 날뛸 것을 생각하니 나도 기분 좋군. 그나저나 슬슬 추워질 때인가."

"그게 무슨 말인가?"

"아, 남쪽 숲이 메마르기 시작해서 말이야. 슬슬 가을이 오려는 거지."

"숲이…… 메말라?"

"뭐, 그렇지. 웃차, 여튼 슬슬 식량을 저장해 둬야겠어. 그런데 두령은 우리를 완전히 잊었나? 대체 어딜 가서 코빼기도 보이지 않는 건지 원."

"자, 잠깐! 헐크! 기다려 보게! 그 메마른 남쪽 숲을 대체 어디서 보았나!"

"응? 그야, 저기 남쪽 개구리를 닮은 바위 언덕 있지 않나. 그 위에서 보면 나무색이 바뀐 게 보일 텐…… 이, 이봐!"

마챈챈은 말이 떨어지기 무섭게 짐승 특유의 네 발 보행으로—마챈챈은 팔이 하나 없어 세 발 보행이었지만—쏜살같이 내달렸다.

"헉, 헉. 저, 정말이었어. 숲의 색이 변하다니……!"

개구리 바위 언덕에 올라 지그시 먼곳을 주시하던 마챈챈은 숲 끝부분이 갈색으로 변해 있는 걸 보고 경악했다.

"저건 날이 추워져서 나무가 옷을 갈아입는 현상이 아냐. 말 그대로 메마르고 있어. 저건 나무가 죽고 있는 거야."

이해가 되지 않았다.

어째서 나무가 죽고 있는 걸까. 대체 무슨일이 일어나고 있는 걸까.

마챈챈은 뭔가 불길함이 엄습했다. 그는 한번 더 썩어버린 나무숲을 바라보다 이내 발길을 돌렸다.

그는 수색대를 파견할 생각이었다.

7.

작전 실행

우우우우우웅.

"……드디어."

"시작인가."

가만히 앉아 명상에 잠겨 있던 아버지와 여제가 파이어 아뮬렛이 빛나기 무섭게 중얼거렸다.

나 역시 무료하게 앉아 있다 어깨를 흔들어 굳었던 몸을 풀었다.

에스다 형님의 말을 믿고 기다린 지 보름.

기다리던 신호가 드디어 온 것이다.

"움직이기엔 좀 어떤가요?"

보름 동안 물 빼곤 거의 먹은 게 없어 우리 셋 다 얼굴이 핼쑥해져 있는 상태.

생명의 근원인 마나를 몸에 가지고 있어 그나마 이 정도였지, 평범한 사람이었다면 벌써 쓰러져도 한참 전에 쓰러졌을 것이다.

"음, 둔해졌지만 싸우지 못할 정도는 아닌 것 같군."

여제는 살짝 제자리를 뛰며 말했다.

"크흠, 제가 걸림돌이 되겠군요."

아버진 애석하게도 일어서지도 못할 정도로 힘들어 하셨다.

애초에 체력을 키우지 않은 마법사다 보니 당연한 건가.

"정 힘들면 바그다인 후작은 이곳을 탈출하는 즉시 텔레포트로 빠져나가는 게 어떤가."

"그럴 순 없습니다. 어찌 폐하를 놔두고 저 혼자 살 궁리를 할 수 있겠습니까. 그래도 이 구속이 풀리면 어느 정도 힘은 쓸 수 있을 테니 걸림돌은 되지 않을 겁니다."

"그렇게까지 말한다면 좋아. 그럼, 하룬."

그녀는 나를 부르더니 말없이 고개를 한 번 끄덕였다.

시작해도 좋다는 말이리라.

난 가볍게 내 수갑을 부숴 버리고 마나를 주먹에 씌운 채 아버지와 여제의 수갑을 부숴 주었다.

마나 구속력은 대단했으나 일단 마나를 사용할 수 있

게 되면 보통 수갑이나 다름없기에 손쉽게 부술 수 있었다.

우리들은 아뮬렛의 신호가 오는 즉시, 이곳을 탈출해 황제 폐하의 신변을 확보하리라 얘기를 끝내 둔 상태였다. 지금부터 그 작전을 실행하려는 것이고.

아버지는 마나 구속 수갑이 풀리기 무섭게 가슴에 있는 서클을 돌려 체력을 회복하기 시작했다.

그러자 희미하게 아버지 몸에서 웅웅거리며 빛이 나오기 시작했는데, 그 소리를 들은 건지 감옥을 지키는 간수가 달려왔다.

"이게 무슨 소리지? 너, 너희들 지금 무슨…… 컥!"

간수가 다가오기 무섭게 여제가 문을 박차 문과 함께 간수를 날려 버렸다. 보름간 거의 아무것도 먹지 못했는데도 그녀의 힘은 보름 전과 거의 다름없는 것 같아 보였다.

"후우, 됐습니다. 가죠."

아버지는 서클을 돌려 체력을 어느 정도 회복했는지 벌떡 일어나며 말했다.

나와 여제는 그런 아버지를 한 번 보곤 주위를 경계하며 감옥을 빠져나가기 시작했다.

"으으으……."

"우리도…… 살려…… 줘……."

몰랐는데 감옥 안에는 몇 번 면전을 보았던 귀족들도 잡혀 있었다.

전부 제스 황자 성인식 때 보았던 귀족들이니 제스 황자 파벌 귀족이 분명했다.

"제스 황자 파벌 귀족도 여럿 잡힌 것 같은데 구해 줄까요?"

"아니, 좋지 않은 생각이다. 이들을 전부 보호해 줄 힘도 없고, 오히려 더 눈에 띠기만 할 거야."

여제가 곧바로 고개를 저었다.

아버지 역시 일말의 생각도 없이 고개를 끄덕였다.

"황제 폐하를 구하기 위해선 소수 정예로 움직이는 게 더 성공 확률이 높다. 안타깝지만 지금은 이대로 놔두자꾸나."

"그렇게 말씀하실 줄 알았어요."

나 역시 그냥 말을 꺼냈을 뿐, 긍정적으로 검토해 보진 않았다.

척 보기에도 걷는 것조차 힘들어 하는 것 같은데 이런 이들을 이끌고 나갔다간 속도만 저하될 테니까.

바로 워프로 도망갈 작정이었다면 상관없었겠지만, 지금 우리에겐 중요한 임무가 있지 않은……!

"잠깐만요. 그럼 저희를 호위하던 불꽃 기사단은 어찌된 거죠? 젠 경은요!"

"……예상하고 있을 거 아니냐. 아마 그들은……."

아버진 더 이상 뒷말을 하지 않으셨다. 설마…… 죽은 거야? 젠경을 포함한 호위 기사들 전부?

"어쩌면, 어쩌면 그들도 저희처럼 잡혀 있지 않을까 요?"

"이그스타인 황자가 그들을 살려 둘 이유가 없다. 미련을 버리거라."

여제까지 부정적으로 고개를 저었다.

난 그럼에도 희망을 버리지 않았다.

"그래도 혹시 모르잖아요! 불꽃 기사단이 잘 피신했을 지."

분명 우리를 호위하던 불꽃 기사단은 황궁성을 따라오지 않고, 우리가 머무르던 장소를 지켰다.

그렇다면 위험을 피했을 가능성도 없지 않은 것 아닌가.

"만약 그렇다면 더더욱 그들을 찾는 데 시간을 쓸 수 없다. 지금은 우리 일만 생각하자꾸나."

아버진 그렇게 말하더니 걸음을 멈췄다. 우리 눈앞에 지하실을 빠져나가는 문이 있던 것이다.

"왼쪽, 오른쪽 각각 하나. 내가 왼쪽을 맡지."

"그럼 제가 오른쪽이군요."

내가 곧바로 답해 주자 여제는 손가락으로 신호를 주

곤 지하실 문을 박차고 나갔다.

"무슨……!"

"어이, 무슨 일…… 컥!"

여제가 왼쪽을 지기는 병사의 목을 일시에 꺾어 버렸다.

난 곧바로 오른쪽으로 돌아가 힘차게 라이트 어퍼로 보디를 날려 기절시켰고.

"하룬, 손속을 두지 말거라. 이들이 일어나 우리가 탈출한 사실이 알려지면 곤란하다."

"하지만…… 큭."

여제는 일말의 망설임도 없이 기절한 병사의 목을 밟아 죽여 버렸다.

난 차마 그 모습을 볼 수가 없어 시선을 돌렸다.

"네 마음은 알고 있다. 이들은 그저 명령에 따르는 것뿐이라는 건. 그러니 우리가 배려해야 하는 건 손속이 아니라 최대한 이들을 마주치지 않고 황제를 탈환하는 것에 있다."

"……네."

난 그런 일 자체를 떠나 사람을 죽인다는 것에 거부감이 있었던 건데, 여제는 조금 오해한 것 같았다.

하긴, 이 시대 사람에게 있어서 살인은 자연스러운 것이니까.

내 입장만 고수해서도 안 될 일이겠지.

"누, 누구…… 크악!"

"적이다! 적이 기습…… 으악!"

지하 감옥을 빠져나오자 간혹 주위를 돌아다니는 병사와 마주쳤는데, 그때마다 여제는 단 일 수로 상대를 죽여 버리며—검도 없이 손으로 전부 죽여 버리는 모습에 감탄보다 기가 질렸다—빠르게 위로 올라갔다.

"……."

난 혀를 빼문 채 바닥에 널브러져 있는 병사를 보고 눈살을 찌푸렸다.

그동안 겪은 일이 많아서인지 사람이 죽은 모습을 보고도 구토가 치민다거나 정신이 어지럽거나 하진 않았다.

하지만 그럼에도 별로 보고 싶은 장면은 아니었다.

사람이 사람을 죽인다.

아무리 피치 못할 사정이라곤 하지만…….

"보기 괴로우냐."

아버지가 내 기분을 읽은 건지 슬쩍 다가와 물었다.

"익숙하지 않아서요."

"……하긴. 하나 이건 아무것도 아니다. 곧 수백, 수천이 죽어 나가겠지."

아버지는 슬쩍 창문 밖을 돌아보며 말했다.

아버지의 말이 맞다.

만약 우리가 이 작전을 실패한다면 본격적인 전쟁이 일어나 수많은 사람들이 죽을 것이다.

그러니까 지금은 다수를 위해 소수를 희생하는 수밖에 없는 것이다.

"흠, 그래도 확실히 황궁 안에 병사가 적구나. 에스다가 잘해 주는 모양이다."

아버진 턱을 쓰다듬으며 말했다.

"혹시 이미 성 밖에 전쟁이 시작된 건 아닐까요?"

"아직 전장의 열기는 전해져 오지 않고 있다. 아직 대치 중이겠지."

내 물음은 여제가 답해 주었다.

전장의 열기? 그런 걸 느낄 수 있는 건가?

"너도 전쟁을 겪어 보면 무슨 뜻인지 알 수 있을 거다. 그보다 바그다인 후작, 오른쪽으로 이동하자."

"음? 폐하가 계신 곳은 왼쪽 계단으로 올라가야……."

"우선 내 검부터 찾아야 한다."

"검이 어디 있는 줄 아시고……."

"지금 검이 날 부른다."

"검이 부른다고요?"

아버지와 내가 동시에 말했다.

여제는 우리의 당황스러움에도 전혀 개의치 않고 오른쪽 방향으로 뛰어갔다.

오른쪽 모퉁이를 돌자 철문으로 굳게 닫혀 있는 커다란 문이 하나 있었는데 여제는 그곳을 지키는 병사 둘을 가볍게 처리하고 열쇠를 가로채 문을 열었다.

"우와, 무기고인가요?"

번쩍번쩍하는 무기들과 장신구가 널려 있어 물어본 건데 아버진 고개를 저었다.

"황궁 보물들을 놓아 두는 곳이다. 대부분 장식용으로 쓰이는 것들뿐이지."

아버지 말대로 실전으로 쓰는 무기보단 장식하고 구경하기에 좋은 무기들뿐이었다.

여제는 보물 창고에 들어오자마자 주위를 둘러보더니 망설임 없이 왼쪽 편 끝에 있는 나무 상자를 열었다.

그러자 놀랍게도 그 안에는 아름다운 하늘색 빛의 검, 그녀의 애검이 있었다.

"저, 정말이네. 어떻게 아셨어요?"

"검의 소리를 들었을 뿐이다. 좋아, 찾았으니 다시 가자."

"설마…… 그 검, 에고 소드입니까?"

아버지가 살짝 망설이며 물었다.

여제는 별로 숨길 만한 내용이 아닌지 망설임 없이 고개를 끄덕였다.

"나는 그저 검의 파장을 느낄 뿐이지만."

"허허, 그런 대단한 물건이. 에고 소드라면 고유 명칭이 있을 텐데…… 혹시 알 수 있을까요?"

"윈드 소드."

"요정의 검! 전설의 용사가 썼다는 그 검이었다니…… 허허, 그렇군. 전설 속으로 사라졌던 그 검은 클라인드가에서 보관하고 있었던 거야."

"전설의…… 용사요?"

의아함에 내가 물었다.

아버진 흥분을 감추지 못하고 콧김을 크게 뿜어내며 고개를 주억거리셨다.

"모르느냐. 과거 영웅이라 추앙받을 만한 인물들이 전부 한 시대에 모여 있었던 전란의 시대에 태어났던 용사를."

전란의 시대? 언뜻 책으로 읽어 봤던 거 같은데.

아마 삼국시대처럼 수많은 영웅호걸이 한 시대에 자웅을 겨뤘다던 시대였지?

마카로니 왕국 시절에 제국으로 부상시켰던 전설의 대제, 그웨인 존셀 폰 마카로니도 살아 있었고.

"지금으로부터 400년 전, 뤼력 200년대의 이야기다. 모든 제국과 왕국이 전쟁을 벌이고 몬스터가 끝도 없이 출몰할 당시였지. 일시에 수많은 영웅들이 세상에 나타나 자웅을 겨루던 그야말로 전란의 시대였어. 그런 혼란의 세상을 종식시켰던 용사가 한 명 있었다. 그 용사가 사용한 무기가 바로 요정의 축복을 받은 검, 저 윈드 소드다."

"그런가요? 그런데 왜 영웅이 아니라…… 용사죠?"

이 전생에서 영웅이라면 모를까 용사란 명칭을 사용한다는 게 참 아이러니했다.

마왕이라도 무찌른 건가?

"그럴 만했지. 그자는……."

"이계인이었거든."

뒷말은 여제가 대신 말해 주었다.

"……뭐라고요?"

내가 지금 잘못 들었나 싶어서 되물었다.

지금 뭐라고? 그러니까……이계인이라고?

"클라인드가의 진정한 여제라 불렸던 글로리시나 조상님이 하셨던 말이니 틀리지 않을 것이다. 어서 가자, 지금 여기서 얘기나 나누고 있을 때가 아니다. 궁금한 점은 나중에 말해 주마."

"아니, 이계인이라는 말은 도대체…… 하아, 알겠어요. 나중에 꼭 알려 주세요."

이계인.

설마 내가 지금 생각하는 그 이계인이란 뜻은 아니겠지? 설마 나 말고도 이 세상에 발을 들인 현대인은……

설마 없겠지. 그럴 리가 없어.

"그래서 있잖아, 지금 성 밖에 수많은 군사가…… 응? 히, 히익!"

"벼, 병사들이…… 꺄아이악!"

내가 혼란에 휩싸여 있는 그때, 문밖에서 여성의 비명이 울려 퍼졌다. 우리 셋은 너 나 할 거 없이 동시에 밖으로 뛰쳐나갔다.

"시녀들에게 들켰다! 하룬! 너는 오른쪽으로 도망간 시녀를 맡아라!"

"크윽, 알겠어요!"

시녀들에게 들킨 이상 시녀들 또한 처단할 수밖에 없다.

지금 작전은 우리에게 몹시 중요한 일이었으니까.

그래서 난 여제의 말대로 오른쪽 방으로 도망간 시녀를 뒤쫓았다.

내가 들어온 방은 귀빈용 방인지 보편적인 가구만 배치되어 있어 조용하고 삭막한 풍경이었다.

안은 몹시 어두워 눈앞에 잘 보이지 않을 정도였지만, 소드 마스터의 기감과 감각으로 시녀들이 숨어 있는 장소쯤은 한눈에 파악할 수 있었다.

"히, 히익!"

"모, 목숨만……."

"사, 살려 주세요!"

옷장 문을 열어젖히자 그 안에 숨어 있던 시녀 둘이 소스라치게 놀라 부들부들 떨었다. 척 보기에도 나보다 어려 보이는 나이.

"저희를 본 이상, 살려 둘 순 없습니다."

"시, 시, 싫어!"

"제, 제발, 용서를……!"

그 둘은 굵은 눈물을 뚝뚝 흘리며 내게 자비를 구했다.

곧 죽을 거라는 공포심에 이가 딱딱 부딪힐 정도로 떨며 필사적으로 구원을 바랐다.

이들은 어리다. 아무런 잘못도 없다.

하지만 나는 냉정해져야 한다. 소수를 희생해야지만 수많은 사람들을 구할 수 있으니까.

그러니까 내가 하는 행동은 타당한 거다.

손을 들어 올렸다.

그리고 마음속으로 이들에게 사죄하며 거칠게 주먹을 내려쳤다.

밖으로 나오자 다른 곳을 전부 처리했는지 아버지와 여제는 옷에 피를 묻힌 채 나를 기다리고 있었다.

"처리했느냐."

"네."

난 슬쩍 내 옷에 묻어 있는 피를 털어 내며 말했다.

그 행동에 아버진 말없이 고개를 끄덕여 주었지만 어째선지 여제가 나를 붙잡았다.

"정말이겠지?"

여제가 다시 물었다.

난 말없이 고개를 끄덕이고 둘의 등을 앞으로 밀었다.

"그렇다니까요. 여기서 지체할 시간 없으니 어서 가요."

"……하아, 바보 같은 놈. 내가 사람이 살아 있는 기척도 느끼지 못할 자로 보이느냐."

하나 여제는 감추고 있던 내 왼손을 잡아채며 한숨을 내쉬었다.

"쯧, 자기 손을 물어뜯어 옷에 피를 묻히면서까지 그들을 구하고 싶었느냐."

완전히 들켜 버렸다.

죽였다고 연기하기 위해 내 손을 물어뜯어 옷에 피를 묻힌 것까지 전부 다.

"이럴 땐 참으로 여리구나. 정녕 네가 못하겠다면 내가……."

"그만두세요!"

내가 나왔던 방에 다시 들어가려는 여제를 막아섰다.

지금 분명 내 얼굴은 슬픔으로 가득 번져 있을 것이다.

"저보다도 어린애들이었어요. 그녀들이 죽을 이유는 없잖아요."

"내가 분명 말하지 않았느냐. 지금 우리가 배려 해야 하는 건……."

"알아요. 다수를 위해 소수를 희생해야 한다는 것도 알아요! 하지만 아무리 그래도 이건 잘못된 거예요. 그런 식으로 핑계 삼아 무고한 자를 죽이는 일, 저는 하지 못해요."

"잘못하다간 이 일로 인해 우리 일 전부를 그르칠 수 있다."

그녀의 성질을 건드린 건지 그녀의 표정이 험악해졌다.

"비켜라. 계속 막고 있으면 너부터 쓰러트린다."

"크윽, 그럴 수 없습니다."

"비키라 말했다."

그녀의 기세가 폭발할듯 커졌다.

진심이다. 그녀는 정말 나를 쓰러트리고 앞으로 나아갈 생각이다.

"여, 여기사님 잠시 만요!"

"기, 기다려 주세요!"

일촉즉발의 상황인 그때, 방 안에 있던 두 시녀가 갑자기 밖으로 튀어나와 여제 앞에 엎드렸다.

난 너무 당황해 다급히 그녀들을 감싸 보호하며 외쳤다.

"당신들! 왜 나왔어요! 어서 도망……!"

"죄, 죄송해요. 나리가 걱정 되서 이대로 있으면 안 될 거 같아서……."

"여, 여기사님! 저희 둘은 정말 아무 말 하지 않을게요. 일이 전부 끝날 때까지 이 방 안에 있을게요. 그러니까 나리를 용서해 주세요."

"당신들……."

제길, 역시 죽게 해선 안 돼. 그건 잘못된 거야. 그러니 내가 막아야 해.

나 역시 여제 못지않게 기세를 피워 올렸다.

내가 그녀를 이길 수 있을지 모르겠지만 싸워야 한다.

여기서 싸우지 않으면 그동안 믿어 온 내 신념 자체를 부정하게 되는 거니까.

"너…… 그렇게까지 할 정도인 거냐?"

"제 눈앞에 있는 사람도 살리지 못하는 주제에 무슨 사람을 살린다는 겁니까. 이건 잘못된 겁니다."

어느 영화에서 들었던 대사를 그대로 인용해 말했다.

이 말은 상당히 주요했는지 여제도, 그저 나를 지켜보던 아버지도 조금 놀란 얼굴을 했다.

"하아, 바보 같은."

결국, 그녀는 작게 한숨을 내쉬며 힘을 풀어 버렸다.

"만약 이 일로 인해 우리가 탈출한 사실이 알려진다면

네가 책임지거라."

"그, 그렇다면."

"시간이 없다, 올라가자."

그녀는 일말의 미련도 없이 뒤돌아섰다.

두 시녀는 큰 눈을 껌뻑이며 서로를 바라보았다. 그러다 환호성을 내지르며 부둥켜안았다.

"하하, 하하하하! 황제 폐하 앞에서도 결코 물러서지 않던 여제님이 이러는 모습, 생전 처음 보는군요."

"시끄럽다."

"그래도 차마 친구이자 제자를 쓰러트릴 순 없었던 겁니까?"

"시끄럽다고 말했다."

여제는 뒤도 안 돌아보고 성큼성큼 걸음을 옮겼다.

그런데 어째 여제의 목소리가 살짝 흔들린 것 같은데……
잘못 들은 거겠지.

"자, 잠시 만요!"

일이 마무리되어 다시 위층으로 올라가려던 우리는 갑작스런 부름에 다시 뒤돌아봤다.

"아직 할 말이 남은 것이냐. 우린 바쁘니……."

"지금 황제 폐하께서는 이곳에 계시지 않습니다."

이어진 시녀 말에 여제는 입을 다물었다.

잠깐, 황제가 여기 없다고?

"자세히 말해 보거라. 폐하께서 이곳에 계시지 않다니 무슨 말이냐."

아버지가 대답을 보챘다.

시녀는 우물쭈물하다 말을 이었다.

"레일라 궁으로 어전을 옮기셨습니다. 제가 폐하의 침소를 정리했으니 분명합니다."

"이런, 레일라 궁이라니…… 성 외각에 있는 궁이 아니더냐. 어째서 그런 곳에!"

"그…… 병이 악화되어 옮기시는 거라고 들었습니다. 저도 자세히는……."

그 말에 우리 셋은 서로를 돌아보며 눈살을 찌푸렸다.

이건 나도 대충 알겠다.

아마 황제를 숨기거나 레일라 궁이라는 곳에 가둬 두기 위한 방책이었겠지.

"여제님, 아무래도 시녀들을 전부 죽이지 않은 게 좋은 선택이었던 듯싶군요."

"흥, 운이 좋았을 뿐이다. 어쨌든, 이곳을 빠져나가자. 더 이상 올라가 봐야 의미 없을 테니."

"뛰어가기엔 너무 멉니다. 이쪽으로 오십시오. 워프로 입구 근처까지 이동하겠습니다."

아버진 그렇게 말하며 바닥에 찬찬히 워프 마법진을 그려 넣기 시작했다.

난 두 시녀에게 살짝 고개 숙여 감사를 표했다.

"고마워요. 덕분에 살았어요."

"아닙니다. 저, 저희야말로 감사드립니다."

"저기…… 폐하를 구하기 위해서라는 말…… 정말이죠?"

내가 말없이 고개를 한 번 끄덕여 주자 그 시녀는 안도했는지 가슴을 쓸어내렸다.

"부디 폐하를 구해 주세요."

"걱정 마세요."

"하룬, 빨리 오거라! 그럼 간다! 세상의 차원의 틈을 열어 명한다, 워프!"

우리 셋은 마나의 빛에 감싸여 곧 레일라 궁이라 부르는 곳으로 이동했다.

윈딜트가와 제스필드 파벌 귀족들의 군세가 합세한 연합군은 마카로니 수도성까지 진격해 대기하는 상황.

에스다는 저 멀리 요새라 불리는 성의 큼지막한 성벽을 내려다보며 하룬에 대해 생각하고 있었다.

"지금쯤이면 신호가 잘 전달됐겠지. 부디 잘해 주면 좋으련만……."

"에스다 영주님! 보고 드릴 것이 있습니다!"

"보고? 무엇이냐."

상념에 잠겨 있는 에스다를 일깨운 병사는 부복하며 뒷말을 이었다.

"일단의 기사 무리가 저희 진형으로 들어왔는데, 영주님을 만나 뵙길 청하고 있습니다!"

"기사? 어디 소속이냐."

그 물음에 어째선지 병사는 우물쭈물 거리다 마지못해 입을 열었다.

"그게…… 저희 윈덜트가의 불꽃 문양 휘장을 입고 있었습니다."

"뭐? 잠깐, 이름, 이름이 뭐라 하더냐!"

"자신을 수석 기사 젠이라고 밝혔습니다."

"젠 경! 당장 이리 데려와라!"

에스다가 급히 명령하자 병사는 빠르게 대답하곤 밖으로 뛰쳐나갔다.

곧 명령에 따라 젠이 에스다 앞에 불려 나왔다.

에스다는 정말 그 기사가 젠이라는 것을 확인하곤 기쁨을 감추지 않았다.

"젠 경! 살아 있었구려!"

"면목…… 없습니다."

젠은 에스다 앞에 쓰러지듯 무릎 꿇었다.

마치 죄인이 처형을 기다리는 듯한 모습이었다.

온통 빛바랜 갑옷, 머리와 얼굴도 거뭇거뭇한 게 잔뜩

껴 있었으며, 몸에선 썩은 하수도 냄새가 나고 있을 정도
로 젠의 상태는 망가져 있었다.

그런 모습만 봐도 그가 어떠한 상황에 처해 어찌 도망
쳤는지 에스다는 잘 알 수 있었다.

"주군을 구하지 못하고 저 혼자 빠져나온 점 죽음으
로…… 갚겠습니다. 하나 그전에 이그스타인 황자의 복
수를 허용해 주십시오."

그는 검을 뽑아 들어 바닥에 내려 꽂으며 결연한 의지
로 말했다.

에스다는 지금 젠의 심정이 이해가 돼 참으로 가슴이
쓰렸다.

"그래도 젠 경이 산 게 어딥니까. 전 완전히 전멸한 줄
로만 알았습니다."

"……에론 황자 저하의 도움으로 간신히 목숨을 구원
받았습니다."

"에론…… 황자?"

"비밀 통로를 가르쳐 주지 않았다면 저는 궁성에서 뼈
를 묻었을 겁니다."

"대체 그게 무슨……."

"에론 황자, 그분은…… 대단한 분입니다."

그 뒤로 이어진 젠 경의 말에 에스다는 놀라움을 감추
지 못했다.

"폐하! 폐하 여기 계십니까!"

어렵게 지키던 병사들을 무찌르고 레일라 궁 황제가 모셔져 있는 어전에 도착한 아버지는 조금 흥분한 얼굴로 문을 열었다.

방 안은 무척 어두웠고 싸늘하게 식어 있었다.

황제가 모셔져 있는 방이라곤 생각되지 않을 만큼 냉기였다.

정말 이곳에 황제가 모셔져 있다고?

이건 마치…… 방치되어 있는 것 같잖아.

"폐하 어디 계십니까!"

아버지도 나와 같은 생각을 했는지 분노로 몸을 떨며 안쪽으로 성큼성큼 들어갔다.

난 아버지의 뒤를 따라가며 계속 주위를 둘러봤는데, 코끝에 옅은 오물 같은 냄새가 맡아져 우뚝 걸음을 멈췄다.

이 냄새 난 알고 있다.

한때 동생의 병수발을 들어 봤기에 너무도 잘 알고 있다.

이건 사람이 죽을 때 나는 냄새다.

"쿨럭, 쿨럭! 설마…… 바그다인, 자네…… 인가."

저 멀리 침대에서 목소리가 들려왔다.

힘없이 약하고 무척 가느다란 목소리였는데 정말 황제의 목소리인지 귀가 의심스러울 정도로 노쇠한 목소리였다.

　"폐하!"

　아버진 더 이상 참지 못하고 침대가 있는 곳을 향해 뛰었다.

　나와 여제 역시 아버지를 뒤따라 뛰었다.

　"설마…… 죽기 전에 자네를 다시 보게 될 줄은…… 몰랐건만."

　"크윽, 폐하……."

　아버지가 침대에 도착한 순간, 무너지듯 주저앉았다.

　난 뒤늦게 아버지 어깨 너머로 황제를 볼 수 있었다.

　"세상에……."

　일단 가장 놀란 건 황제 침대는 각혈로 온통 피범벅이 되어 있는 모습이었다.

　두 번째로 대변도 처리해 주지 않아 아랫도리 부근이 분뇨로 범벅이 되어 있었다는 것이다.

　그리고 세 번째로는…… 황제의 몸 상태였다.

　분명 전에 봤을 때는 덩치도 컸고, 산적 같이 인상도 밝았었다.

　그런데 불과 몇 달 만에 얼굴은 핼쑥하고, 곰보버섯이 피었으며, 몸도 예전 루게릭 병 말기인 지현이를 보는 것처럼 왜소하게 변했다.

설마 이렇게 변했을 줄이야.

아버진 그 처참한 모습에 할 말을 잃었는지 주저앉아 설움만 삭혔다.

그웨인 황제는 그런 아버지를 보고 아주 조금이지만, 눈썹을 옅게 휘었다.

"이거…… 부끄럽구먼. 자네에게 내 치부를 보인 것 같으이."

"폐하를 지키지 못한 죄…… 저는 죽어 마땅합니다."

"그러지…… 말게나. 자네의 충정은 내 잘 알고…… 쿨럭쿨럭!"

"폐하!"

"크흠, 헉, 헉. 괜찮네. 아직 죽을 정도는…… 아니니. 그래, 자네가 여기 찾아왔다는 말은…… 이그 그 녀석의 작전이 성공하지 못했다는 건가."

"그건……."

"내가 말하지. 바그다인 후작은 일단 진정하는 게 좋을 거 같다. 황제 폐하, 저입니다."

"그 목소린…… 여제님도 함께 있으셨구려. 내 눈이 안 보여 몰랐던 것이니 이해해 주시구려."

"……눈이 보이지 않는 겁니까."

여제도 살짝 충격이었는지 잠시 입을 다물었다.

"일단 지금 상황을 설명하겠습니다."

곧 여제는 지금 상황을 축약해 간략하게 설명하기 시작했다.

아마 황제가 긴 시간 동안 대화를 나눌 수 있을 정도의 상태가 아니라 판단한 모양이었다.

여제의 이야기를 전부 들은 그웨인 황제는 잠시 생각하는 듯하더니 이내 입을 열었다.

"즉, 내가 이그와 제스 둘 중 한 명에게…… 황위를 물려줘 이 상황을 종식시켜야 한다는…… 거로군요."

"그래야만 합니다. 그렇지 않으면 제국의 존속이 어려울 만큼 큰 내전이 일어날 겁니다."

여제의 이어진 말에 황제는 한참 동안 입을 다물더니 미세할 정도로 천천히 고개를 저었다.

"이제 와서 지금 내가 누구에게 황휘를 물려준들 무슨 소용이 있겠습니까."

"폐하!"

"폐하 그게 무슨 말이십니까!"

여제와 아버지가 동시에 외쳤다.

하지만 그웨인 황제는 다시 고개를 저었다.

"바그다인, 녀석들은 이미 내 손을 떠나 날개를 펼치려 하고 있네. 이제 와서 아무 힘도 없는 내가 무슨 말을 한들 그 둘이 황위를 놓으려 하겠는가. 기껏 여기까지 찾아왔으나 아쉽게도 내가 막을 수 없는 일이네."

"하지만 이대로 간다면 돌이킬 수 없게 됩니다! 나라 전체가 망국의 길로 돌아설지도 모를 일입니다, 폐하!"

"그것이 운명이라면…… 받아들일 수밖에."

"폐, 폐하!"

그웨인 황제는 이미 거기까지 생각이 도달해 있던 건지 그의 표정은 조금도 변하지 않았다.

"이제 제국은…… 두 녀석 손에 달려 있네. 녀석들이 진정 제국을 위하는…… 마음이 있다면 나라가 망할 정도로 싸우진…… 않겠지. 만약 그리 싸운다면 내가 녀석들을 잘못…… 기른 탓이겠고."

"그렇게 단순히 생각하실 일이 아닙니다, 폐하."

"단순한 거라네, 바그다인. 그 녀석들은 서로의 밥그릇 싸움을 하는 게야. 어린애처럼…… 투닥거리며."

"폐하……."

"그래, 그렇게나 내 말이 필요하다면 말해 주겠네. 나, 그웨인 조르브 폰 마카로니는 황휘를…… 마카로니가와 미하라드가 후궁의 아들인 에론 이스텔 드 마카로니에게 물려주겠노라."

"그, 그 무슨……!"

챙그랑!

우리 셋이 놀란 동시에 문밖에서 무언가 깨지는 소리

가 들려왔다.

우리가 돌아보니 문밖에는 작고 왜소한 어린 남자아이가 꽃병을 떨어트린 것도 모르는 것처럼 놀란 얼굴로 이쪽을 바라보고 있었다.

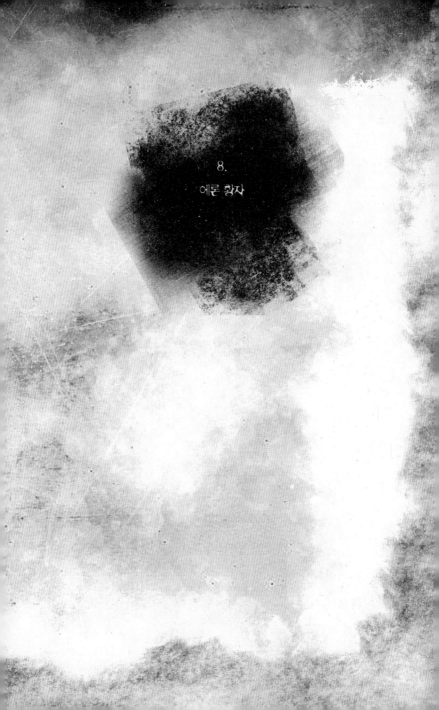

8.

에론 황자

"에론, 왔느냐."

"아, 아버님. 지금 무슨 말씀을……."

"에론 황자 저하?"

"에론…… 황자?"

아버지와 여제는 그 조그마한 남자아이가 누군지 한눈에 알아보았다.

은발머리의 남자아이. 키는 이세트만 할까? 아직 어린 티를 벗지 못한 탓에 귀여움이 물씬 풍기는 남자아이였다.

저 남자아이가 그 후궁의 자식인 셋째 황자 에론 이스텔 드 마카로니인가.

"그, 그게 무슨 말씀이십니까. 화, 황위라니요."

"들었느냐. 내 이미 알고 있노라. 에론 네가 그 어느 황자들보다도…… 제국의 안녕을 위하며 걱정하고 있었다는…… 것을."

"아, 아닙니다. 저 같은 무지한 아이가 어찌 그런."

"그럼 어째서 이그스타인 황자와 손을…… 잡았느냐. 어째서 너는 왕권을…… 포기하고 이렇게 내 병수발을 들고 있는 게냐."

"그건……!"

"네가 그동안 현명함을 감추고 숨죽이며 살아 왔다는 것을…… 내 알고 있다. 그 전부가 제국을 위해서였다는…… 것도."

"정말이옵니까, 폐하."

믿기지 않는지 아버지가 물었다.

"바그다인. 에론은…… 말일세. 자신의 진실한 모습을 쭉 감추며 살아왔다네. 불과…… 다섯 살 때부터 그렇게 해야 할 필요성을 느끼고 말일세."

"……."

"……."

아버지와 여제, 그리고 나까지 말문이 막혀 입을 다물었다.

불과 다섯 살에 자신의 현명함을 감추고 살아왔다고?

"그 어린 나이에…… 자신의 처신을 어찌해야 할지 깨

달았다는 말씀이시옵니까."

"그렇다네…… 나도 놀랐지. 아마 우연히 에론의 일기를 보지 못했다면 지금껏…… 몰랐을 거네. 에론, 이제 감출 필요 없다. 여긴 네가 믿을 수 있는 자들뿐이니."

에론 황자는 그 말에 흔들리는 눈동자로 황제와 우리들을 번갈아 보았다.

그러다 갑자기 무릎을 풀썩 꿇으며 말했다.

"그동안 숨겨 온 점, 부정하진 않겠습니다. 하나 아버님, 지금 그 말씀은 저를 위험에 빠트리는 결과가 될 뿐입니다."

"……알고 있다. 그래서 지금껏 입 밖으로 꺼내지 않고 있었지."

"지금도 꺼내시면 안 되는 발언이옵니다. 철회해 주십시오."

"무리다. 이미 뱉은 말이니."

"아버님!"

"에론, 네 현명함은 어느 황자들보다도…… 뛰어나다는 걸 내 잘 알고 있다. 만약 지금이 전란의 시기였다면 이그나 제스가 황위를 물려받는 게 당연하나…… 내정을 중시해야 할 지금은 누구보다도 에론 네가 제국을 잘 이끌어 나가겠지."

"그러기엔 제 세력이 너무 약합니다. 또 그러기엔 제

태생에 문제점이 많습니다! 그 모든 것을 알고 있기에 저는 이그스타인 형님에게 제 모든 것을 맡겼습니다! 그 사실, 아버님도 아시지 않습니까!"

"……."

"……."

"……."

황제와 에론 황자의 대화를 듣는 우리들은 모두 멍하니 에론 황자를 바라보았다.

놀랍다. 이세트만 한 나이인 어린 황자의 입에서 나오는 말이라고 생각되지 않을 만큼.

"……그렇군요. 에론 황자 저하. 그동안 자신의 명석함을 감추고 계셨던 것이로군요."

"아닙니다. 단지 아버님이 과대평가하시고 계실 뿐입니다."

"과대평가라 치부할 대화가 아니었던 것 같은데."

여제가 살짝 비꼬듯 말했다.

에론 황자는 울 듯한 얼굴이 되어 버렸다.

"저는 왕좌에 관심이 없습니다. 그저 뒤에서 제국의 발전을 지켜보는 것만으로도 족합니다. 이그스타인 형님이든, 제스 형님이든, 차기 보위에 오르신 분을 도우기로 결심한 지 오래입니다. 그러니 제발 철회해 주십시오!"

에론 황자는 머리를 땅에 찍을 정도로 정말 간곡히 부

탁했다.

"바그다인, 어떤가, 내 눈썰미가."

"인재를 찾는 그 눈은 정말 따라가지 못하겠군요. 제국을 이끌어 갈 태자 중에 우둔한 자가 단 한 명도 없으니 이는 제국에 큰 홍복이옵니다."

"하하, 쿨럭쿨럭! 그렇지? 크흠, 에론, 걱정 말거라. 내 너를 사지로 내몰 생각에 한 말이 아니니라. 그저…… 눈앞에 있는 제국을 이끌어 갈 인재들에게 네 존재를 알려 준 것뿐이니라."

"……아버님."

그제야 에론 황자는 그 모든 게 자신을 드러내기 위한 작전이었다는 것을 알아챈 건지 눈썹을 크게 찌푸렸다.

뭐, 사실 나도 에론 황자처럼 지금 알아챘지만.

"그래도 마지막 가는 길에 에론을 소개시켜 줄 수 있어서 다행…… 크흑, 쿨럭쿨럭!"

"폐, 폐하!"

"아버님!"

"쿠흑, 하아, 하아. 시간이 거의 다…… 온 모양일세. 주님이 날 데려가실 모양이야. 이제 본론으로 돌아가야겠어. 바그다인 아까 내가 말했던 대로 나는 이그와 제스의 전쟁을 막을 힘이 없네."

"폐하, 그리 단정하실 문제가……!"

"하지만 에론이라면 알고 있을지도."

곧바로 이어진 황제 말에 아버진 말하다 입을 다무셨다.

"에론 황자 저하께서 이를 해결하실 수 있다는 말씀이십니까?"

"그야 나도 모르네."

"그게 대체 무슨 말씀이십니까!"

"에론, 그 말에 대답은 네가 하거라. 붉어진 이 전쟁을 너라면 막을 수 있겠느냐."

황제가 물었다.

우리 모두 믿기지 않는 얼굴로 에론 황자를 돌아보았다.

에론 황자는 부담스러운지 잠시 어깨를 좁히며 우물쭈물하다 이내 포기한 듯 어깨를 늘어트렸다.

"막을 수 있을지도 모릅니다."

"뭐, 뭐?"

"지금 무슨 말씀을!"

"그게 사실이옵니까!"

여제, 나, 그리고 아버지가 거의 동시에 외쳤다.

그 정도로 경악했다.

황제도 막을 수 없는 전쟁을 에론 황자가 막을 수 있다고?

"오해하지 마십시오. 제가 막을 수 있는 게 아닙니다. 그저 전쟁을 중지할 계책을 알고 있을 뿐입니다."

"계책이라니…… 아아! 그렇군요! 폐하, 이럴 작정으로 에른 황자를 저희에게 소개시켜 주신 것이었군요!"

아버진 뭔가 눈치챈 듯 손뼉을 쳤다.

"이 모든 것들이 에른 황자의 지식을 이용하기 위해서였던 듯하구나."

내가 계속 아리송해하자 여제가 슬쩍 내게 소곤거렸다.

그렇구나. 이 모든 것이 에른 황자가 가지고 있는 지식을 이용할 수 있게끔 하기 위해서 연기했던 거야.

"하지만 지금 상황에서 어찌 전쟁을 막을 수 있다는 것입니까. 두 황자는 왕좌를 차지할 때까지 싸울 게 분명한데."

"바그다인 후작, 제가 생각한 대로면 이 전쟁 자체는 막을 수 있습니다. 하지만 어쩔 수 없이 피는 봐야 할 겁니다."

에른 황자는 미안한 얼굴로 여제를 돌아보았다.

대체 지금 이 황자 무슨 생각을 하고 있는 걸까.

"제가 생각한 계책은……."

우리들은 한동안 에른 황자의 설명을 들었다.

그리고 너 나 할 것 없이 감탄하며 고개를 끄덕였다.

마카로니 수도 해자 다리 바깥쪽, 윈덜트가의 병사들과 제스 황자 휘하 귀족들의 병사들이 연합해 포진한 지 벌써 반나절.

귀족들은 지금 당장 성으로 진격해야 한다고 외치고 있었지만, 제스 황자는 계속 보류만을 말하고 있었다.

"황자 저하, 저희에겐 보급되는 식량이 적습니다! 시간을 끌면 끌수록 저희에게 악재로 다가올 것입니다!"

"어서 출격해 극악무도한 반란군을 토벌해야 하옵니다!"

"제가 선봉에 서겠습니다! 맡겨만 주신다면 지금 당장이라도 출격하겠습니다!"

"그만! 내 분명 공격은 보류라 말하지 않았소!"

"하나!"

"황자님!"

"아직 성급히 공격할 때가 아니니 모두 물러가시오!"

"크흠!"

"……알겠습니다."

귀족들이 우르르 천막 밖으로 나가자 근처에서 지켜보던 아나스타샤 황녀가 제스 황자에게 다가왔다.

"오라버니, 아직도 결정을 못 내리셨나요?"

"후우, 어렵구나. 아샤, 너는 지금 내 선택이 올바르다 생각하는 것이냐?"

"이 전쟁으로 인해 나라가 처참하게 변할 테니 옳다곤 할 수 없겠죠. 하지만 이그스타인 오라버니를 이기지 못하면 오라버니는 왕좌에 오를 수도 없고, 도리어 처형당할 거예요."

"……내가 살기 위해선 이겨야 한다는 말이구나."

"이제 와서 황위를 포기한다, 선언해도 귀족들은 인정하지 않을 거예요. 저들끼리 합세해 전쟁을 벌이겠죠. 즉, 오라버니의 선택은 없는 거나 다름없으니 고민할 필요 없다고 생각되는데요?"

"……그렇겠지. 하아, 설마 지키기 위해 지어진 성을 내가 공략해야 하는 상황이 오게 될 줄이야."

"수도의 성은 요새예요. 지금은 자신의 처지를 생각할 때가 아니라 어찌 공략해야 할지를 생각해야 하는 거 아니에요?"

"아까부터 거침없이 내 심장을 찌르는구나. 걱정 말거라. 생각해 둔 것이 있으니."

"정말요? 좋은 작전이라도 있는 거예요?"

조금 놀란 얼굴로 아나스타샤가 묻자 제스필드는 거만하게 팔짱꼈다.

"아샤, 대체 나를 뭘로 아는 거냐."

"머리로는 자신이 한 수 위라고 자만하다 이그 오라버니에게 한 방 먹은 제스 오라버니죠."

"……진심으로 너, 싫어지려고 한다."

"딴소리 말고 대체 뭔데요. 궁금하니 빨리 말해 줘요."

"하아, 여동생에게 못 당하는 오라비 신세라니. 알았다, 알았어. 지금 성에는 바그다인 후작과 여명의 여제, 그리고 하룬이 잡혀 있다는 건 알고 있지?"

"그야 물론이죠. 안 그래도 하룬이 걱정돼 죽겠는데 그 일을 왜 꺼내는 거예요?"

"……너 설마 하룬 좋아하냐?"

"딴소리 말라고 했죠!"

"흠, 뭔가 이상한데…… 알았다니까. 으흠, 지금 그들은 빠져나갈 준비를 완료한 채 상황을 주시하고 있다지 뭐냐."

"……뭐라고요?"

"그러니까 언제든지 빠져나갈 수 있는 상태라는 거지. 이는 에스다 공자에게 직접 들은 것이니 믿을 만한 정보다. 그래서 나는 이들을 이용하려 한다."

한 명의 대마법사와 두 명의 소드 마스터가 수도성 안쪽에 대기하고 있다는 것은 정말 공성측에 있는 자신들에겐 호재로 작용할 수 있었다.

이제부턴 그들을 사용하기 나름이었다.

밤중 몰래 성문을 열게 할 수도 있었고, 안쪽에서 병사를 선동시키며 혼란을 줄 수도 있었다.

그야말로 제스 황자가 어떤 명령을 내리느냐에 따라 상황을 급반전시킬 수 있다는 뜻이었다.

"……그렇게 된 거군요. 후아, 정말 다행이에요."

아나스타샤는 이제야 안도했는지 가슴을 쓸어내리며 중얼거렸다.

그러다 갑자기 표독스런 눈으로 제스필드를 째려봤다.

"그런 중요한 얘기를 왜 이제 와서 한 거예요?"

"이런 중대한 비밀은 모르면 모를수록 좋다. 그건 너도 잘 알지 않느냐."

"그러니까 저도 믿지 못해 잠자코 있었다?"

"커흠! 자, 나가자. 이 이상 망설이면 귀족들이 폭동을 일으킬지도 모르니."

"오라버니!"

제스는 도망치듯 천막 밖으로 빠져나왔다.

"황자님!"

"명령만 내려 주십시오!"

제스필드가 밖으로 나오자 수많은 기사들이 한없이 강한 단호한 결의를 표명하며 대열한 채 명령을 기다리고 있었다.

최근 윈델트가 류소미온가를 대승리한 것과, 왕위를 찬탈하는 명분도 자신에게 있으니 사기는 오를 대로 오른 상태.

지금 자신 명령 한마디면 모두들 죽음도 불사하며 수도로 진격할 것이 틀림없을 거라고 제스필드는 생각했다.

'이 전쟁으로 얼마나 많은 희생이 뒤따를까.'

마카로니 제국의 전력이 반? 아니, 잘하면 십 분의 일로 줄어들지도 모를 일이다. 그 정도로 서로의 전력은 비등하며 어느 누구도 쉽게 승기를 점찍을 수 없을 정도였다.

만약 다른 성이었다면 제스필드의 머리를 이용한 절묘한 책략으로 대승을 이룰 수 있을지도 몰랐다.

하지만 요새라 불리는 수도성이라면 얘기가 너무도 다르기에 제스필드는 한숨이 절로 나왔다.

'아마 형님도 같은 마음이겠지. 나라를 걱정하는 마음은 모두 같은데, 어찌 이런 전쟁을 벌일 수밖에 없는 건가.'

운명의 여신이 일부로 이런 상황을 만들어 준 것 같아 제스필드는 마음이 쓰렸다.

하지만 이미 던져 버린 돌이며, 쏟아진 물이다. 되돌리기엔 너무도 늦었고, 그리할 수도 없다.

그는 이제 명령을 내릴 수밖에 없는 것이다.

"전장에 있는 모든 기사와 병사들은 들어라! 지금부터 이어질 싸움은 우리 형제며, 자매에게 칼을 겨누는 것이다! 나는 그 잔혹한 명령을 그대들에게 내리고자 한다!

어째서인지 아는가!"

제스필드가 외치자 모두들 입을 다물고 제스필드만을 올려다보았다.

상황이 침묵한 것처럼 조용해지자 기다렸다는 듯이 에스다가 앞으로 한걸음 나와 부복하며 말했다.

"왕좌를 되찾기 위해서입니다."

"그렇다! 이 싸움은 억지로 황위와 나라의 주권을 빼앗은 이그스타인 황자에게 황위를 되찾기 위해서이다! 그대들이 진정 바라는 왕은 누구인가!"

"제스필드 황제 폐하이십니다!"

"제스필드 황제 폐하이십니다!"

"오늘 우리는 수많은 피를 흘릴 것이다! 피가 강이 되고, 해자에 고여 있는 호수가 온통 붉게 물들 것이다! 수백, 수천 개의 머리가 강 위에 떠다닐 것이며, 창자와 살덩이로 된 길을 밟고 계속, 계속 진군해야 할 것이다! 하지만! 우리의 함성은 영원토록 울려 퍼지리라! 훗날 승리를 노래하며 희대의 성군이 탄생한 역사의 시작을 알릴 것이다!"

"제스필드 황제 폐하! 만세!"

"제스필드 황제 폐하! 만세!"

"장비를 쥐어라! 함성을 내질러라! 주신이 우릴 보살피신다! 승리는 우리에게 있다! 전군 출격 준비이이이!"

"전군, 출격 준비하라!"

"전군, 출격 준비이이이이!"

각 병사들을 지휘하는 천인장들이 제스필드 황자의 명령을 전달했다.

제스필드는 검을 빼들며 외쳤다.

"출격하라아아아!"

"출격하라!"

"출격이다!"

"우와아아아아아아아아아!"

"가자아아아아아아아!"

북소리가 울려 퍼지고, 진군의 발소리가 대지를 울렸다.

수많은 말들이 투레질하며 이동하기 시작했고, 수많은 병장기들이 천둥치는 소리처럼 장황하게 울려 퍼졌다.

"방패병! 앞으로! 적의 화살을 막아라!"

"마법 공격에 대비하라!"

"사다리를 준비하라!"

"적이 온다! 전군, 사격 준비이이이!"

"적이 온다! 출격 준비! 대기하라!"

"모두 멈춰라아아아아! 전쟁을 중지하라라아아아아!"

막 전쟁이 벌어지려는 찰나, 대지 전체가 흔들릴 정도의 폭음이 전장 전체에 터져 나갔다.

그 소리가 얼마나 컸는지 가장 근처에 있던 병사는 귀에서 피가 날 정도였다.

"크으윽! 이게 무슨 소리…….”

"대체 어디서?"

"저, 저기다! 해자 다리 한복판에 누군가 있다!"

병사들이 다리 한복판을 가리켰다.

그건 공성측 병사들도 수성측 병사들도 보았다. 딱 그 둘 중앙에 나타났으니까.

"아버…… 님?"

에스다가 당황스러워 중얼거렸다.

멀어서 잘 보이진 않았지만 윤곽이 바그다인과 똑같았다. 그 옆에 있는 여명의 여제도, 하룬까지.

아무리 봐도 수도성 감옥에 대기하고 있어야 할 그들이었다.

"휴, 아슬아슬했네요. 조금만 늦었어도 막지 못했을 거예요."

"전쟁이 일어나기 직전이었군. 천만 다행이라 해야 하나."

"크흠, 하나 제안에 응해 줄지는 두고 봐야겠지요. 잠시 전쟁을 멈추시오! 에스다, 병력을 뒤로 물려라!"

다시 큰소리가 웅장하게 터져 나갔다.

저 멀리 산에서 메아리칠 정도의 음성 증폭 마법을 걸

며 자신에게 명령하는 자는 아버지인 바그다인밖에 없다고 에스다는 생각했다.

"크윽, 황자님, 죄송합니다! 멈춰라! 일시정지!"

"멈춰라!"

"워, 워!"

에스다 명령에 가장 선두에 서 있던 불꽃 기사단과 마법단이 멈춰 섰다.

그러자 어쩔 수 없이 후속에 있는 병사들도 멈출 수밖에 없었다.

지금 에스다의 행동은 황자의 명령을 거역한 죄인이 될 수 있는 행동과도 같았다.

하지만 그는 멈춰 섰다.

황자보다도 아버지의 명령이 우선이라 생각했기에.

그런 부분을 이해하는지 제스필드 황자는 에스다를 나무라거나 하지 않았다. 그저 어째서 전쟁을 막는 건지 의아해할 뿐.

"마법사, 나에게 음성 증폭 마법을 걸어 줄 수 있겠나."

"알겠습니다. 마나의 빛이여, 소리의 길을 인도할지니. 보이스 런(Voice Run)!"

"흠흠, 좋아. 바그다인 후작! 나 제스입니다! 대체 무슨 경위로 전쟁을 막으시는 겁니까!"

"제스필드 황자 저하! 이그스타인 황자 저하! 잠시 전쟁을 멈추고 병력을 뒤로 물리십시오! 나 바그다인이 제안할 것이 있습니다!"

"제안?"

그 외침에 제스도 이그스타인도 눈썹을 찌푸렸다.

제안이라니 대체 이런 상황 속에서 무슨 제안을 한단 말인가.

"두 황자 저하 모두 이 전쟁이 얼마나 마카로니 왕국을 쇠퇴시킬지 잘 알고 있으리라 생각됩니다! 그래서 제안하겠습니다! 두 분이 귀족의 결투로서 마무리 짓기를!"

"귀족의 결투? 설마…… 지금 그 말은……."

제스필드는 이제야 이해한 건지 당황을 감추지 못했다.

그러는 와중에도 바그다인의 말은 계속 이어지고 있었다.

"오래전부터 서로의 의견이 맞지 않는 상황이 있을 때, 귀족은 직접, 또는 가장 믿는 수하가 대신해 결투를 행함으로써 정당하게 자신의 뜻을 관철시켰습니다! 지금 아무리 왕좌에 앉을 자리를 결정하는 순간이라지만, 마카로니 제국 전체가 피를 흘릴 이유가 어디 있겠습니까! 진정 나라를 위한 성군의 미덕을 가진 왕이라면! 자신이 믿는 수하를 내세워 그 둘의 결투로서 황위를 결정하는 게 마땅하다고 봅니다!"

바그다인의 말은 물 흐르듯 이어졌다.

그 말에 몇몇 귀족들은 경악했고, 또 몇몇 귀족은 감탄하기도 했다.

"그, 그렇구나. 그런 방법이라면 전쟁을 치를 필요가 없어. 피를 흘리지 않고도 황위를 결정지을 수 있어!"

에스다는 무릎을 탁 치며 감탄했다.

실로 간단명료한 계책이지만 이런 자리에서 그런 생각에 도달하는 건 절대로 쉬운 게 아니었다.

그 천재라 부르는 에스다나 제스필드 황자까지 전혀 생각하지 못했을 정도니까.

귀족의 결투.

에론 황자가 생각한 계책은 바로 이것이었다.

이 결투라면 귀족 모두가 납득할 수 있고, 전쟁도 막을 수 있으리라.

또한 서로 예의로 시작해 예의로 끝나는 것이기에 누가 져도 황자가 죽을 이유도 없어진다.

무엇보다도 병사들이 피를 흘리지 않을 수 있다.

두 황자는 빠르게 머리를 굴렸다.

이 결투를 응해야 하는지 말아야 하는지. 응한다면 직접 싸울 것인지 대리인을 내세울 것인지. 또한, 승산이 있는지까지.

'제스 녀석은 절대로 직접 싸우지 않겠지. 내 실력을

잘 알고 있으니까. 그럼 그가 부를 대리인은…… 여명의 여제. 내 쪽은 전격의 공작인가…… 그래, 바그다인 후작은 이걸 노린 거야. 소드 마스터의 결투를! 그런 거대한 결투라면 누가 이겨도 귀족은 납득한다. 잘도 감옥을 빠져나가 이런 계책을 생각해 냈구나, 바그다인 후작.'

대체 무슨 수로 감옥을 탈출한 건지 알 순 없지만, 지금은 그것이 중요한 게 아니었다.

"좋다! 나 이그스타인 미첼 드 마카로니는 내 이름과 명예를 걸고 귀족의 결투를 받아들이겠다! 이 승부에서 패배하는 자가 황위를 양보한다는 것에 이의가 없음을 알린다! 증인은 이 자리에 있는 모든 기사와 병사들이 서 줄 것이며, 원한다면 서류로 작성할 의향이 있다!"

이그스타인 황자가 먼저 선수 쳐 외쳤다.

이렇게 되면 제스필드는 받아들이지 않을 수도 없게 된다. 만약 거부했다간 사기는 물론이고 자신의 명예까지 실추되어 버리니까.

여명의 여제와 전격의 공작은 지금까지 단 한 번도 실전 대결을 하지 않았지만, 여러 방면으로 조사 결과 전격의 공작이 조금 우세하다고 판단 내려진 상태였다.

이그스타인은 그래서 먼저 제안을 받아들인 것이었다.

'그래도 어차피 결투는 운이다. 이렇게 된 이상 승리의 운이 내 쪽으로 기우는 걸 기대할 수밖에 없는 건가.'

아무리 조사해 우세를 판별해도 가설은 가설일 뿐, 진정 붙어 보지 않는 이상 아무도 알 수 없다.

"나 제스필드 오웬 드 마카로니 또한 이름과 명예를 걸고 이 귀족의 결투를 받아들이겠다!"

그렇게 황위를 결정지을 귀족의 결투가 성사되고 말았다.

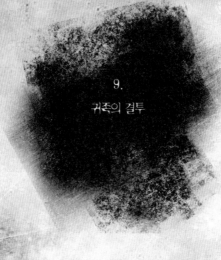

9.
귀족의 결투

귀족의 결투는 정확히 사흘 후, 대리인을 앞세워 일대일 정면 승부로 어느 한 명이 패배를 선언하거나 죽을 때까지 결투를 벌이는 룰로 정해졌다.

　그동안 이 귀족의 결투를 확고히 하기 위해 두 황자의 계약 서류가 작성되었고, 에론 황자, 그웨인 황제, 그리고 그 모습을 지켜볼 수만 명의 병사와 기사들이 증인으로 자리하게 되었다.

　이 자리에 있는 귀족들은 에론 황자가 생각했던 대로 납득할 수밖에 없었다.

　그냥 평범한 결투가 아니라 소드 마스터의 결투였으니까.

　소드 마스터란 인류의 영웅과도 같은 존재이며, 국력

이자, 힘 자체다.

그렇기에 이 결투는 단순히 마카로니 제국을 떠나 다른 제국과 왕국들도 주시하기 시작했다.

완전히 대륙 공용으로 시선이 모아져 이젠 없었던 일로 돌릴 수도 없게 된 것이다.

"전격의 공자 만세!"

"여명의 여제 만세!"

"승리는 제스필드 황자 저하의 것이다!"

"웃기지 마! 승리는 이그스타인 황자 저하의 것이다!"

"우오오오오오오!"

엄청난 함성, 각 진형의 기사들은 자신이 따르는 황자를 응원하며 투지를 불태우고 있었다.

사흘이란 시간은 눈 깜짝할 새에 지나가 벌써 오늘, 앞으로 한 시간 후에 귀족의 결투가 시작된다.

벌써 마카로니 수도성 밖, 널따란 평원엔 제스필드 황자와 이그스타인 황자를 중심으로 양측으로 나뉘어 둥글게 포진한 상태다.

그들 밖에도 다른 나라의 사신들과 상인, 그밖에 주민들까지 나와 구경하고 있었다.

어찌 보면 축제 같은 느낌도 들었다.

실제로 사람이 모여 있는 것을 기회 삼아 상인들이 먹을 거나 상품을 팔고 있었으니까.

하지만 이건 축제가 아니다.

곧, 사생결단으로 두 소드 마스터가 피 튀기며 싸우는 전쟁이 될 것이다.

그것도 그중 한 명은 내가 너무도 잘 아는 분이건만 난 그걸 그저 지켜만 보아야 한다.

난 한동안 전장이 될 평원을 바라보다 뒤돌아 그녀가 있을 천막 안으로 들어갔다.

"사라, 곧 결투가 시작……."

밖이 저렇게나 시끄럽건만 여제는 그저 방 안에 앉아 명상을 즐기고 있었다.

마치 자는 것처럼 너무도 편안한 모습이라 선뜻 말을 꺼내기 힘들 정도였다.

이런 모습은 마치 내가 여제와 처음 만났던 호숫가일 이 떠오르게 했다.

그때도 그녀는 그저 눈을 감은 채 가만히 앉아 세상과 동화되었었는데.

"사라……."

내가 조심히 부르자 드디어 그녀는 감고 있던 눈을 떴다.

무척이나 맑고 투명한 푸른빛의 눈동자.

사파이어라도 박은 것 같이 빛나고 있어 순간 내 가슴이 떨릴 정도였다.

……어라? 가슴이 떨린다고? 어째서?

"기다리게 했구나."

그녀는 몸에 가벼운 플레이트 메일을 걸친 상태였는데, 그 상태로 씨울 심신인지 침대에 올려 두고 있던 윈드 소드를 집어 들고 일어났다.

"그럼, 나가자."

그녀는 일말의 망설임도 없이 걸음을 옮기려 해 내가 막아섰다.

어째서 이렇게나 불안한 걸까. 어째서 그녀를 보내면 안 된다는 생각이 자꾸 드는 걸까.

"하고 싶은 말이라도 있느냐?"

내가 앞을 막아선 채 비키지 않자 그녀가 의아한 듯 물어왔다.

난 거의 울 듯한 얼굴로 쥐어짜듯 말했다.

"정말…… 이길 수 있나요?"

이 말, 벌써 수십 번은 했던 것 같다.

그래, 사흘 동안 난 미친 듯이 걱정돼서 말하고 또 말했다.

그래서 그녀의 확답을 수십 번이나 들었지만 그럼에도 나는 다시 묻고 있는 것이다.

"지겹구나. 걱정 말라고 내 말하지 않았느냐."

그녀도 지겨운지 손을 내저었다.

그래, 귀찮고 지겹겠지. 나도 안다. 괜한 일에 매달리고 있다는 것쯤은. 하지만…….

"하지만…… 목숨이 달린 일이에요."

이 결투는 스스로 패배를 인정하거나 죽지 않는 한 끝나지 않는다.

그리고 그녀의 성격상 아무리 불리해도 죽을지언정 절대로 패배했다고 말하지 않겠지.

그래서 정말 질 것 같으면 패배를 인정하라고 부탁했지만, 그것만큼은 대답 없이 미소로 넘겼었다.

"제발 부탁이에요. 승부가 확정되면 제발 인정하고 패배를 시인하세요. 그러겠다고 약속하세요!"

"……."

난 무조건 약속을 받아 낼 심산으로 말했지만, 그녀는 어제처럼 그저 미소로 얼버무리며 내 머리를 헝클었다.

"나는지지 않는다. 그런 대답으론 부족한가."

"당연하잖아요! 저는……!"

"하룬, 나를 믿어라."

그녀가 갑자기 거의 코가 닿을 거리까지 다가와 내 눈을 직시하며 말했다.

그녀의 눈동자는 조금도 불안에 떠는 모습이 보이지 않았다.

그래, 그녀는 자신을 믿고 있다. 절대로 이길 거라고.

"크윽."

결국, 내가 먼저 그녀의 눈을 피했다.

그래, 믿어야 한다. 그녀는 자신을 믿는데 친구이자 동료인 내가 믿어 주지 않으면 어찌하겠어.

"걱정 말거라. 내 가장 먼저 네게 승전보를 안겨 주마."

그녀는 그렇게 말하며 휙 장막을 열어젖히고 밖으로 나갔다.

밖으로 나가는 강인한 그녀의 등을 보며 나는 아무 말도 할 수 없었다.

"오셨군요. 곧 시작입니다."

밖에서 기다리고 있었던 건지 제스 황자가 그녀를 맞이했다.

설마 황자가 직접 배웅하는 걸 보게 될 줄이야. 겉으로 내색하진 않고 있지만 그도 분명 나처럼 마음 졸이고 있는 거겠지.

"그런가…… 알았다."

그녀는 마치 산책이라도 나가는 것처럼 차분히 당당한 모습으로 고개를 끄덕였다.

황자는 그런 부분에서 위안을 받은 건지 아주 미세하게 입꼬리가 올라갔다.

"여제님, 당신에게 내 모든 것을 맡겨도 되겠습니까."

"원한다면."

"그럼 여제님을 믿겠습니다."

여제는 말없이 고개를 한 번 끄덕였다.

황자는 그것으로 할 얘기가 전부 끝난 건지 자신이 앉아 있던 상석으로 돌아갔다.

여제 또한 결투가 진행될 평원 중앙으로 걸음을 옮기기 시작했다.

"일격의 주먹님. 죄송하지만 이 이상은 가실 수 없습니다."

난 말없이 그녀를 계속 뒤따라가고 있었는데, 통제된 곳까지 오고 말았던지 한 기사가 나를 막았다. 여제는 안쓰러운 얼굴로 나를 돌아보았다.

"이제 그만 와도 된다."

"……."

내가 말없이 계속 서 있자 그녀는 내 뒤를 보며 누군가에게 턱짓했다.

"하룬, 물러서자꾸나."

아버지가 내 어깨를 뒤로 잡아당겼다.

어느새 아버지까지 오셨구나.

"걱정하는 네 기분은 이해하나 이러는 행위는 오히려 방해만 될 뿐이다. 너도 잘 알지 않느냐."

"……."

주먹을 꽉 움켜쥐었다.

제길, 내가 여제보다 강했더라면 이렇게 마음 졸이며 구경하지 않아도 됐을 텐데.

하지만 어쩔 수 없는 일이다.

나는 그녀보다 약한 것도 사실이고, 전격의 공작과 맞대결할 수 있는 사람은 그녀밖에 없으니까.

"……믿을게요. 이기세요, 절대로."

"그래, 알았다."

내가 주먹을 내밀었다.

그녀는 그 행동이 무엇을 의미하는지 에스다 형님한테 들었던 건지 말없이 주먹을 마주 대어 주었다.

"돌아가요."

난 아버지를 지나쳐 내가 서 있을 자리로 돌아갔다.

"그분은 이기실 겁니다."

내가 돌아오자 쭉 나를 지켜보던 젠 경이 조심히 말했다.

젠 경은 다행히 에론 황자의 도움으로 도피할 수 있었다고 했다.

사흘 전 젠 경을 보았을 땐 얼마나 다행이라고 생각했던지.

하지만 지금은 그에게 신경 쓸 수 없는 상태다.

"오라버니……."

이세트도 걱정스러운지 나를 불렀다.

후우, 정말 많은 사람들에게 걱정만 끼치고 있구나.

그래, 믿자.

지금 내가 할 수 있는 건 아무것도 없으니 그녀가 이기기만을 기도하자.

그것이 동료인 내가 해야 할 일이니⋯⋯!

그녀를 믿고 자리로 돌아가 다시 그녀를 돌아본 순간, 난 보고야 말았다.

성큼성큼 걸어가는 여제의 오른 손가락에 걸린 운명의 실이⋯⋯.

흰색으로 변하는 것을.

등줄기에서부터 찌리릿하고 소름이 돋았다.

머리에서 천둥이치고 세상이 빙글빙글 돌았다.

그럴 수 없어. 어째서, 왜 갑자기 이제 와서!

운명이 바뀌는 거냔 말이야!

"빌어먹을!"

"하, 하룬!"

"도련님!"

"오라버니!"

아버지와 젠, 그리고 이세트를 뿌리치고 무작정 앞으로 달려 나갔다.

안 돼, 그녀를 보내면 안 돼!

주위에 있던 수많은 사람들이 놀라 나를 바라보는 게 느껴졌다.

하지만 나는 지금 그런 걸 신경 쓸 여력 따윈 조금도 없어 무시했다.

"어어, 일격의 주먹님! 무슨 일…… 윽!"

"뭐, 뭐야! 막아!"

"빠, 빨라!"

나를 막아 세우는 기사와 병사들을 뿌리치고 계속 그녀에게 달렸다.

그녀도 도중에 내 인기척을 느낀 건지 놀란 얼굴로 나를 돌아보았다.

"하…… 룬?"

와락!

"……!"

절대로 놓치지 않겠다는 일념의 그녀의 등을 안아 버렸다.

내 행동에 몹시 놀란 건지 내가 안는 순간 움찔하고 몸을 떠는 게 느껴졌다.

"너, 지금 무슨……."

"안 돼요! 보낼 수 없어요!"

난 필사적으로 외쳤다.

안 돼, 지금 여기서 그녀를 보냈다간 전격의 공작에

게……!

"너, 아직도 그런 말을……."

"당신이, 당신이 죽는단 말입니다!"

난 더욱 세게 팔에 힘을 주며 외쳤다.

죽어, 그녀가 죽고 말아. 기정사실로 그녀는 죽게 돼!

"하룬, 놔라."

"싫어!"

"놓으라 했다."

몹시도 차가운 그녀의 목소리가 내 귓가에 박혔다.

덕분에 충격으로 혼란스러웠던 내 머리도 차갑게 식었다.

내 팔에 힘이 줄어들자 그녀는 무심히 나를 떨쳐 내고 나를 돌아봤다.

역시나 화가 많이 나 있는 건지 그녀의 눈동자가 몹시 차갑게 변해 있었다.

"결국, 너는 나를 믿지 못한다는 말이구나."

살얼음 같은 목소리.

아마 지금 내 발언이 그녀 프라이드에 상처를 입혀서 그런 거겠지.

그럼 대체 내가 어찌해야 한단 말인가.

운명의 실이 흰색으로 변했는데도 그녀를 믿고 구경만 해야 한다는 말인가?

절대로 그럴 수 없어!

"내가 널 잘못 봤다, 하룬. 당장 물러서라. 베어 버리기 전에."

그녀가 윈드 소드를 뽑으며 말했다.

그녀의 기세, 그리고 살기.

전부 진심이다. 내가 물러서지 않는다면 그녀는 나를 베어 버릴 것이다.

하지만 나 역시 이번엔 물러설 마음 따윈 없다.

푸확!

"우, 우왁! 오, 오러 신체?"

"대, 대체 뭐야! 일격의 주먹이 오러 신체를 일깨웠어!"

"무슨 일이 벌어지려는 거야……."

내가 오러 신체를 일깨우자 구경하던 사람들의 웅성거림이 여기까지 들려왔다.

저 멀리 팔짱 낀 채 기다리고 있는 전격의 공작도 살짝 눈썹을 찌푸렸다.

"너…… 지금 나와 싸울 셈이냐?"

"네, 싸워요. 그리고 제가 전격의 공작과의 결투에 나갈 겁니다."

투기를 한껏 끌어 올리며 답했다.

여기서 여제를 보내지 않기 위해선 내가 여제를 이겨

제스 황자에게 신임을 받아 나가는 수밖에 없다.

이게 최선이다.

이게 그녀를 살릴 수 있는 마지막 방법이다.

여제도 내가 무슨 마음을 먹었는지 알아챘는지 입을 다문 채 한동안 내 투기를 잠자코 바라만 보기만 했다.

"무의미해. 네가 하는 행동은 그저 발버둥거리는 거다."

"그래도, 이 방법밖에는 없어요."

"정녕 나를 이길 수 있다고 생각하는 거냐? 그리고 나와 싸운 뒤, 전격의 공작과 다시 싸우겠다고?"

"네."

"대체 그렇게까지 하려는 이유가 뭐냐!"

"동료니까요."

"단지 동료라는 이유만으로 대신 죽겠다는 거냐!"

"친구니까요!"

"그래도 궤변일 뿐이······!"

"당신을 좋아하니까요!"

"······!"

난 속에 감추고 있던 말을 결국, 뱉어 내고 말았다.

여제는 내 고백에 푸른 눈동자가 한없이 커졌다.

말도 잇지 못하겠는지 입도 뻐끔거리기만 했다.

지금 이 감정 나도 그녀의 운명의 실이 흰색으로 변한

순간 알아챈 거다.

지금 내가 느끼는 절망적인 감정이 단순히 친구, 동료 같은 감정이 아니라, 좋아하는, 사랑하는 사람을 향한 감정이라는걸.

대체 언제부터였을까.

나는 대체 언제부터 그녀를 좋아하고 있었던 걸까.

친구가 된 후부터? 아니면 호숫가에서 처음 그녀를 만났을 때부터? 그런 건 모른다.

하지만 지금 나는 그녀를 좋아하고 있다.

어느 순간부터 자연히 다가와진 것처럼 나는 그녀를 원하고 있었다.

그렇기에 절대로 나는 그녀의 죽음을 모른 채 할 수 없다.

"……이제 와서 그런 말은…… 비겁하지 않느냐."

그녀의 얼굴이 사정없이 찌푸려졌다.

더없이 괴로움을 참는 모습.

"저를 단순히 어린아이로 보고 있는 건 알고 있어요. 사라가 저보다 강하다는 것도 알고 있어요. 하지만 그렇다 할지라도 당신이 죽는 걸 지켜만 볼 수는 없어요!"

"대체 갑자기 왜 이리 옹고집이 된 거냐!"

"저에겐 운명이 보이니까요!"

그녀의 의지를 꺾기 위해 난 필사적으로 외쳤다.

설득해야 한다.

지금 여기서 설득에 실패하면 그녀는 죽고 만다.

"거짓말 같지만 저에겐 운명이 보여요. 그래서 필사적으로 이세트를 구하려 했었고, 지금도 사라를 막는 겁니다!"

"그런 말도 안 되는 말을 지금 믿으라는……."

"저라면 가능해요. 저라면 운명을 바꿀 수 있어요! 그러니 제발 저에게 맡겨 주세요!"

"큭, 더 이상 듣지 않겠다! 나 역시 네가 빤히 죽을 걸 아는 자리에 대신 나가게 할 순 없어!"

"저를 믿어 주세요! 이 운명, 기필코 바꿀 겁니다!"

확고한 의지로 외쳤다.

내 마음이 조금 먹힌 걸까.

그녀의 눈동자가 어렴풋이 흔들리기 시작했다.

"좋다, 네 의지가 그리 확고하다면 말리지 않겠다. 대신! 네가 결투에 패배한다면 클라인드가의 명예와 황자의 의지를 저버린 죄를 사하기 위해 자결하겠다."

"그게 무슨!"

"갑자기 무서워졌느냐?! 혹, 나 대신 죽을 작정이었다면 지금이라도 늦지 않았다 물러서라!"

그녀가 일갈하며 나를 뒤로 밀었다.

지금 무슨 말이야. 내가 이 결투에서 지면 자결하겠다고?

입술을 깨물었다.

여기서 내가 물러서면 그녀는 죽는다. 내가 져도 그녀는 죽는다.

어차피 이 두 개밖에 선택할 수 없다면 후자를 선택해야 하는 게 아닌가!

"알겠어요, 저도 이 결투, 죽을지언정 패배를 시인하지 않을게요."

내 목숨을 건다.

이 의지를 확고히 하기 위해 난 어깨 부위 천을 북 찢어 손에 감았다.

해야 한다면 하겠어.

이 운명을 바꾸기 위해 이 손에 내 모든 것을 건다.

"이 바보 같은 놈!"

그녀는 더 이상 참지 못하고 높은 톤으로 욕설을 내뱉었다. 저렇게 흥분한 그녀의 목소리…… 생전처음 듣는다.

"사라."

그녀는 고개를 푹 숙인 채 어깨를 떨었다.

우는 것일 리가 없으니 아마 흥분을 최대한 참는 것이리라.

"바보 같은 놈. 정말 넌 바보다. 세상에 이렇게 바보 같은 머저리는 내 생전……."

목매인 목소리로 그녀는 중얼거렸다.

깐, 설마 지금 진짜 우는 거야?

"하지만…… 크윽, 나도 바보 같구나. 이런 절박한 상황인데도 감동하는 내 자신이 정말 바보 같아……."

감정을 주체하지 못하겠는지 그녀는 손으로 자신의 머리를 쥐어짰다.

"이 자리에서 맹세해라. 절대로 죽지 않겠다고. 멀쩡한 그 모습으로 다시 내 앞에 서겠다고."

거의 체념한 듯한 목소리였다.

난 그녀를 다시 살짝 안으며 말했다.

"맹세할게요. 저는 죽지 않아요."

"……끝까지 바보 같구나."

그녀는 거의 울먹이는 소리로 내 귓가에 속삭였다.

"알았다. 더 이상 널 말리지 않으마."

그녀는 떨쳐 내듯 살짝 나를 뒤로 밀어낸 뒤, 들고 있던 윈드 소드를 넘겨주었다.

"사…… 라?"

"네가 써라."

"하지만 저는 검술을 하지 못……."

내가 당황하며 말하는 그때, 내 손에 들린 윈드 소드가 찬란하게 빛나더니 형태를 변환하기 시작했다.

"어, 어?"

놀랍게도 금속인 윈드 소드가 찰흙처럼 변해 내 오른손에 안착했다.

놀랍게도 일순간에 하늘색 건틀렛이 되어 버린 것이다.

"주인의 성향에 따라 맞춰 변하는 에고 소드다. 이 정도로 네가 전격의 공작과 맞설 순 없겠지만…… 내 의지를 네게 걸겠다."

"사라……."

"나에게 있어서도 넌 소중한 아이다. 절대로 지지 마라. 절대로…… 죽지 마라."

그녀는 내 어깨를 꽉 누르며 말했다.

내가 그 의지를 받아 말없이 고개를 끄덕여서야 잡은 어깨를 놓아 주었다.

"……그리고 남의 감정을 네가 섣불리 판단하지 말아라."

"네?"

"가라, 네 승전보를 기다리마."

그녀는 더 이상 할 말이 없다는 듯이 뒤돌아 관중이 서 있는 자리로 이동하기 시작했다. 아까만 해도 듬직했던 그녀의 등이 이젠 몹시 외소하고 쓸쓸해 보였다.

……죄송합니다. 저도 이렇게밖에 할 수 없었어요.

오른손에 안착한 윈드 소드…… 아니, 윈드 건틀렛을 내려다보았다.

이 건틀렛에 그녀의 의지가 가득 담겨 있는지 너무도 무거웠다.

"가자, 윈드 건틀렛."

비록 에고 소드라 하는 윈드 건틀렛의 목소리는 들려오지 않았지만, 건틀렛에 내 결의를 담고 줄곧 한 자리에 서서 나를 지켜보고 있는 전격의 공작이 있는 곳을 향해 걸음을 옮겼다.

이겨야 한다. 내 운명을 걸고서라도.

"여, 여제님이 어째서 되돌아오는 거지?"

"저기 봐, 여명의 여제 대신 일격의 주먹이 결투장으로 나가고 있어!"

하룬과 여제의 모습을 지켜보던 병사들은 끝내 경악하지 않을 수 없었다.

전격의 공작과 결투를 벌여야 할 여제가 되돌아오고 일격의 주먹이 대신 나가는 모습을 보았으니까.

"하룬……."

"저 녀석 설마……."

바그다인과 에스다는 믿기지 않는 눈으로 전장으로 향하는 하룬의 등을 바라보았다.

여제에게 물어보지 않아도 지금 이게 무슨 상황인지 둘은 알 수 있을 것 같았다.

황당한 건 그런 억지스러운 하룬의 결정을 여제가 들어주었다는 것에 있었다.

"이, 이게 무슨!"

그 누구보다도 경악한 사람은 바로 제스필드였다.

그는 격분을 참지 못하고 자리에서 벌떡 일어나 다가오는 여제에게 달려 나갈 정도였다.

"여제님! 저는 당신에게 제 믿음을 맡겼습니다. 그런데 어찌하여 이런!"

"내 목숨을 걸겠다."

"……네?"

곧바로 이어지는 여제 말에 제스필드는 벙찐 얼굴이 되었다.

"하룬이 지면 바로 내 목으로 죄를 사하겠다. 그러니 이대로 진행해 주지 않겠는가?"

"아니, 여제님이 그렇게까지……."

여제는 제스필드 황자 옆에 호위하는 기사의 검을 빼앗듯 뽑아 들어 바닥에 박아 넣곤 그 자리에 주저앉았다.

그 모습은 마치 결연한 의지로 자결하려는 기사 같았다.

"나는 하룬을 믿기에 내 모든 걸 맡겼다. 그렇게 알거라."

그녀는 그 말을 끝으로 입을 다문 채 하룬과 전격의 공작이 대치한 전장을 바라보았다.

제스필드는 그녀의 결단이 진심이라는 것을 알 수 있었다.

'대체 무슨 일이 벌어지고 있는 거란 말인가.'

제스필드는 한동안 혼란스러움을 잠재울 수 없었다.

10.
다시 운명을 바꾸다(1)

한 걸음, 한 걸음 전격의 공작에게 다가갈수록 공기가 무거워짐을 느꼈다.

솜털이 잔뜩 곤두섰고, 내 직감이 어서 도망가라고 위험 신호를 보내 줬다.

하지만 난 그 모든 걸 무시하고 결국, 그 앞에 대치했다.

"……이해할 수가 없군."

줄곧 눈을 감은 채 골몰히 생각하던 공작의 입에서 마땅찮은 목소리가 흘러나왔다.

무척 무게감 있는 중저음의 목소리였다.

"어째서 여제는 이런 애송이의 입 발린 말을 믿어 주는 거지? 자신의 목숨을 걸 정도로 가치가 있다는 말인가."

그는 나와 여제의 대화를 전부 들었던 건지 못마땅한 목소리로 중얼거렸다.

척 보기에도 언짢음을 엿볼 수 있었다.

아마도 그로선 세기의 대결을 기대했는데 내가 초를 쳤다고 생각하는 것 같다.

"쯧, 아니면 나를 무시한 건가. 그렇다면 몹시 기분이 나쁘군."

"그건 아니라고 생각해요."

내가 입을 열자 그는 드디어 감은 눈을 뜨고 부리부리한 금안으로 나를 노려보았다.

공포감이 다시 엄습했다.

정말 무섭다.

내가 이자를 정말 이길 수 있을까? 살아 돌아갈 수 있을까? 주먹 쥔 내 손이 땀으로 축축하게 젖어 들었다.

압도적이다. 그저 공작의 눈을 마주한 것만으로도 패배감이 느껴졌다.

하지만 난 싸워야 한다. 이자를 이겨 정해진 운명을 바꿔야 한다.

이미 공은 울렸으니까.

난 손목을 감싸 쥔 채 가슴으로 가져가며 말했다.

"그녀는 제 고집에 물러서 줬을 뿐이에요."

"흥, 너를 위해서였다는 말인가. 그렇다면 참으로 실

망스럽군. 우리 같은 절대자가 고작 그런 감정을 앞세우다니. 여제의 권위도 한물갔군."

"그녀를 헐뜯지 마세요."

목소리에 조금 힘을 주자 공작은 다시 코웃음 쳤다.

"애송이, 네가 날 진정 이길 수 있으리라고 생각하나?"

"이길 겁니다."

"착각하지 마라."

공작의 얼굴이 차갑게 가라앉았다.

그의 황금빛 눈동자에서 한기가 뿜어져 나오는 것만 같았다.

"그건 자신감을 떠나, 자만이다."

"크윽, 그건…… 두고 봐야 할 일이겠죠."

"이그스타인 황자 저하의 명령이오! 결투를 시작하시오!"

대치한 채 대화만 하고 있자 안달난 건지 이그스타인 황자가 힘을 쓴 모양이었다.

그로선 지금이 기회라 생각했겠지.

나처럼 전격의 공작도 같은 생각을 했는지 그는 고개를 절레절레 저었다.

"아무튼 여기까지 나선 이상, 너는 죽을 것이다. 내가 그렇게 만들 테니까."

자신감으로 가득 찬 공작의 눈을 보니 그는 이미 확정

시한다는 것을 알 수 있었다.

난 잠시 말없이 공작을 바라보았다.

그래, 그가 보기엔 나라는 존재는 불 속에 뛰어드는 불나방처럼 보이겠지. 하룻강아지가 범 앞에 이를 드러냈다고 생각하겠지.

푸확!

내 안에 잠들어 있던 오러를 전부 일깨웠다.

그러자 푸른 불꽃의 오러가 몸 전체를 둘러싼 채 하늘로 치솟아 올랐다.

"오오오."

"대단한 오러 신체다. 저렇게 큰 오러의 기운은 처음 봐."

"저것이 그 소문의 일격의 주먹인가……."

내가 오러를 일깨우자 주위가 소란스러워졌다.

난 오러의 여운을 느끼며 다짐하듯 말했다.

"그 운명, 기필코 바꿀 겁니다."

언제나 나를 가로막는 이 빌어먹을 운명, 바꾸고 말리라.

"……훗, 흐흐훗훗, 크하하하하하하하하하하─!"

노를 노려보던 공작은 갑자기 손으로 이마를 짚으며 크게 웃어 젖혔다.

이 같이 재미있는 일이 또 있을까 싶을 정도로 말이다.

하지만 겨우 웃음을 멈추고 나를 노려본 그의 눈은 화났을 때의 여제 못지않은 차가움이 묻어 있었다.

"그렇다면 어디 한 번 나를 즐겁게 해 보거라!"

빠지지지지지직!

공작이 외치는 동시에 호응하듯 그의 오러가 터져 나갔다.

"크으윽!"

"대, 대단해!"

"저것이 제국의 소드 마스터 전격의 공작 마틴 드 웨슬리 공작님의 오러란 말인가……."

멀리 떨어져 있는 병사들이 몇 발짝 더 뒤로 물러날 정도로 공작의 오러는 기세가 대단했다.

빠직, 빠직.

바닥에 퍼져 나가는 작은 스파크.

그의 오러는 여제의 노을빛 오러처럼 황금빛의 전격의 색을 입고 있었다.

정말 번개인지 불타는 느낌의 오러가 아니라 스파크가 일어나고 있었던 것이다.

"자신의 의지를 입히면 오러의 성질이 변한다. 소드 마스터들은 그것을 '오러에 색을 입힌다'고 한다. 나 역시 이건 소드 마스터가 된 후 5년이란 시간이 걸렸다. 그러니 너는 성급히 생각할 필요 없다."

오러에 색을 입힌다.

여제는 분명히 그렇게 말했다.

한마디로 전격의 공작의 의지는 번개라는 거겠지. 번개라…… 그럼 속도에 특화된 형태일까.

잔뜩 긴장해 파이팅 자세를 취하고 만반의 준비를 갖추었다.

조금만 방심해도 죽는다.

내가 일격에 죽을 수도 있어.

"뇌격을 울리는 검으로 자신의 가치를 증명하리라!"

공작은 잠깐 기수식을 취하며 신념을 말하더니 뇌격이 담긴 검을 내게 겨누며 다시 말했다.

"검을 뽑아라! 그리고 네 가치, 너의 신념을 말하라!"

"……앞만 보고 전진하자."

난 오른손에 감싸여 있는 윈드 건틀렛을 슬쩍 앞으로 내밀며 신념을 말했다.

공작도 내 무기가 이것이라는 것을 알아챈 건지 조금 눈이 이채를 띠었다.

"주먹인가! 소문대로구나! 좋다, 나 역시 일격의 검을 선호하는 자! 누가 진정한 일격인지 겨뤄 보자꾸나!"

그는 갑자기 검을 역수로 쥐며 몸을 낮게 낮추었다.

마치 도약하기 직전의 모습 같아 난 황급히 파이팅 자세를 취했다.

"일격에 죽지 마라, 애송이. 라이트닝."

파지지지직!

그가 도약했다고 생각한 순간, 그의 몸은 내 등 뒤에 서 있었다.

그렇게 그가 지나가고 나서야 뒤늦은 소리와 번개의 잔상이 그가 지나간 길에 길게 이어졌다.

"으으으윽!"

윈드 건틀렛을 낀 오른쪽 손목에 묵직함과 온몸의 전류가 찌릿찌릿하고, 몸을 훑어 지나갔다.

곧 뒤늦게 볼가가 시큰거리며 한줄기의 피가 흘러내렸다.

그래도 어찌어찌 막았다고 생각했는데, 그게 아니었던 모양이다.

"······놀라워. 그걸 막다니."

전격의 공작은 실로 감탄한 듯 후속타는 선보이지 않았다.

만약 바로 내 등을 노려 재차 공격했다면······ 아마 그것만으로 끝났을 텐데도.

등에서 식은땀이 흘러내렸다.

만약 내 동체 시력과 윈드 건틀렛이 없었다면 손목과

함께 내 목까지 절단되었을 것이다.

그 정도로 빨랐다. 그자의 속력은…… 여제보다 한 수 위일 정도로.

그가 나에게 자만이라 말했던 것이 이제 이해가 됐다.

그리고 절대로 자신이 이길 거라 확정한 자신감 또한 이해가 되었다.

처음엔 쉐도우 소드 때처럼 포기하지 않으면 기회가 생길 거라고 생각했다.

하나 이건 그때와 많이 다르다.

당시의 쉐도우 소드는 나를 얕봐 손속을 두고 대결에 임했었지만, 지금 눈앞에 있는 전격의 공작은 결코 봐줄 생각이 없어 보였으니까.

공포에 다리가 떨려 왔다.

움직여야 하는데 얼어 버린 쥐처럼 움찔거리지도 못하고 있다.

이성일, 이대로 가면 절대로 이길 수 없어. 방어하면 안 돼.

나가라, 나가라, 나가야 해!

파앙!

이를 악물고 전격의 공작에게 뛰어들었다.

내 공격 거리는 초근접.

그런데 방어만 해서야 무슨 승리를 여제에게 안겨 주

겠는가.

복싱에 있어 공격은 최대의 방어 수단이기도 하다.

붙어라, 거머리처럼 달라붙고 또 붙어서 공격해!

평소라면 아웃복싱 스타일로 히트 앤드 어웨이를 고수했겠지만, 나보다 몇 단계나 더 빠른 자 앞에서 치고 빠지는 스타일이 통할 리 만무했기에 상체를 앞으로 구부린 채 달라붙어 싸우는 인파이터의 클라우칭 자세를 취하며 달려들었다.

"스파크."

빠직!

공작은 그런 내가 다가오기를 기다리지 않고 털듯 검을 떨쳐 냈다.

그러자 놀랍게도 내 바로 눈앞에서 번개 구슬이 생겨나 마치 스파크가 인 것처럼 터져 버렸다.

"큭!"

찌릿찌릿.

비록 버티지 못할 정도의 공격은 아니었지만, 달려들던 나를 막을 정도는 충분했다.

벌써부터 손발이 저려 왔다.

이대로 계속 공격을 허용했다간 정말 아무것도 못하고 당할 것 같다.

"주먹은 상대적으로 검보다 공격 거리가 좁지. 이를

이용할 속셈이었던 것 같다만 내가 그 거리를 허용하리라 생각하나?"

그는 가볍게 스파크이는 검을 털어 내며 말했다.

저 남자, 빠르다.

그리고 노련하게 조심성도 많다.

복싱으로 치면 그야말로 아웃복싱 스타일.

그런 그에게 한 방 먹을 수 있는 방법이 있을까?

내 주먹을 내려다보았다.

있다, 분명히 있다. 하지만 이 방법을 사용하려면 내 주먹을 걸어야 할뿐더러 단 한 번이라도 실패했다간 조심성 많은 그에게 두 번 다시 통하지 않을 거다.

마지막 최후의 최후가 당도하기 전까진 절대로 사용하면 안 돼.

일단 기세를 다시 끌어 올렸다.

이때라고 생각되기 전까진 어떻게든 달라붙어서 히트를 성공시켜야 한다.

그리고 그가 경각심을 가지고 멀리 떨어져 큰 공격을 감행하려는 순간, 그때가 최고의 기회다.

다리에 힘을 줬다.

비록 공작보단 느리다고 하지만 나도 거북이처럼 느린 편은 아니다.

오러를 발에 이동시키면…… 어느 정도는 따라잡을 수

있어!

꽈앙!

오러를 발에 주입시켜 폭발시키자 내가 서 있던 땅이 일어나 뒤집어졌다.

난 그 속도에 힘입어 주먹이 닿을 만큼의 거리까지 단숨에 이동할 수 있었다.

"일렉트릭 웨이."

츠파파파파파파팟!

내가 다가오기 무섭게 그가 무수한 검격을 내게 내질렀다.

그러자 그의 말 그대로 전기가 통하는 길처럼 황금빛 검격의 전격이 혀를 날름거리며 나에게 쏟아져 들어왔다.

난 달리던 속도를 죽이지 않고 옆으로 땅을 박차 몸을 급 선회시켜 전격의 검격을 피해 냈다.

덕분에 다리에 조금 무리가 왔지만, 신경 쓰지 않았다. 지금이 기회라 생각했으니까.

"으아아아아아!"

다시 발을 박차 지면을 터트리며 몸을 반전 곧바로 공작의 측면을 노렸다.

비록 내 속도는 그보다 떨어지지만, 이렇게 온 힘을 다해 일직선으로 달리는 속도만큼은 그와 버금 갈 것이다. 그러니 절대로 그는 피하지 못……!

파지지직!

분명 주먹을 내질렀다.

하지만 내 주먹은 공작에게 닿지 못하고 도중에 보이지 않는 진격의 벽에 막혀 튕겨 나왔다.

"크으윽!"

전격의 벽을 친 후유증으로 몸이 저릿저릿했다.

전기로 이루어진 방어막이라니. 무슨 마법이냐!

단단한 벽뿐이라면 모르겠지만 저 전격의 벽은 내가 치면칠수록 내 누적 피해만 커진다. 그야말로 공격과 방어를 동시에 하는 벽인 것이다.

저런 벽을 대체 어찌 뚫으라는 거야!

"주의력이 부족하군. 이 정도의 낌새도 눈치채지 못했었나?"

공작은 고개를 설레설레 저으며 김이 샌 듯 중얼거렸다.

저 말…… 여제에게서도 들었던 말이다.

제길, 그렇게나 여제와 대련해 왔으면서도 전부 잊고 있었다니, 나란 놈은!

"균형을 유지하는 움직임은 좋다만 힘의 분배가 매끄럽지 않다."

"주의력이 부족하군. 검사를 상대로 실전이 부족한 건가?"

"마나 신체를 이용하는 이해도도 떨어진다."

"검사가 검만 쓸 거란 생각은 버려라."

그동안 들었던 그녀의 조언을 생각하며 달려들었다.

그래, 힘의 분배.

지금껏 오러 신체로 배운 게 무엇이었는가. 바로 이 힘의 분배가 아니었는가!

다시 달려들며 공작의 손과 검을 유심히 관찰했다. 지금 그가 어디에 힘을 집중하고 있는지, 그의 오러는 어느 쪽으로 이동하고 있는지 상황을 보고 판단해 역으로 찔러라!

오른손을 크게 스윙하며 내지르려 하자 공작의 오러가 정면을 가로막듯 벽이 되어 전격이 일었다.

그 순간, 주먹을 거두는 동시에 빙글 피벗해 몸을 한 바퀴 돌려 측면에서 공격해 들어갔다.

"어림없다."

하나 역시나 측면에도 전격으로 이루어진 벽이 나를 가로막았다.

하지만 역시 급하게 만든 터라 정면의 벽보다 힘의 분배가 조금 적다.

이 정도라면!

오른손 주먹으로 오러를 집중시켰다.

쉐도우 소드 때였다면 절대로 불가능했겠지만, 여제와

대련하며 노력했기에 일시에 힘을 집중시키는 정도는 할
수 있었다.

"흐아아아아아아앗!"

빠지직!

온 힘을 모아 전격의 벽을 때렸다.

그러자 처음 튕겨 나갔던 것과 달리 유리 깨지는 소리
와 함께 전격의 벽이 부셔졌고, 벽을 꿰뚫은 기세를 멈추
지 않고 공작 안면을 향해 스트레이트를 내질렀다.

캉!

하나 안타깝게도 공작의 검이 내 주먹을 가로막았다.

그래도 처음으로 드디어 공작의 검과 내 주먹이 맞부
딪혔다.

평소라면 검에 주먹을 내지를 생각은 추호도 못할 짓
이었지만, 지금은 오른손에 감싸여져 있는 윈드 건틀렛
덕에 망설일 필요가 없었다.

"윽!"

하지만 검에 감싸여져 있는 전격 덕에 손해는 나만 봤
다.

그래도 쓸모없는 공격은 아니었어. 이걸로 완전히 내
거리까지 들어와 버렸으니까!

첫 공격을 성공시킨 나는 재차 한 걸음 더 다가가 좌우
번갈아 가며 크리스 크로스.

오른손 스윙을 하는 도중 추진력을 실어 연달아 하나, 둘, 셋, 트리플 블로우.

마지막 세 번째 공격에서 온 힘을 주어 밀어내듯 슬로 그 펀치를 내뻗었다.

역시나 파워에선 내가 우위인지 그의 균형이 살짝 흐트러졌고, 난 이걸 기회 삼아 미친듯이 주먹을 내뻗으며 맹렬히 러시를 강행했다.

콰콰쾅콰콰콰콰쾅!

"노, 놀라워……."

"저런 게 소드 마스터의 대결이란 말인가."

"저런 건 사람의 대결이…… 아냐."

한 발 한 발 주먹과 검이 맞부딪힐 때마다 대기의 공기가 터졌고, 지면의 흙이 비산했다. 주위에선 놀라 경악하는 사람들의 목소리가 언뜻언뜻 들려왔다.

하지만 난 그런 것에 신경 쓸 수 없었다.

눈앞에 서 있는 이자 한 명만으로도 버거웠으니까.

숨도 고르지 못할 정도로 온갖 기교를 부리며 주먹을 내뻗었다.

연신 다리를 움직여 사각으로 파고 들어가 허점을 노렸다.

하나 이 공격들 전부 전격의 공작은 검만으로 막아 냈다.

그는 단 한 발도 유효타를 허용하지 않았다.

하, 대부분 검으로 막아 내는 것도 모자라 막지 못하는 경로는 전격으로 막아 내다니.

저게 사람이 할 수 있는 오러 사용인가? 저런 상대를 어찌 뚫으라는 말인가.

철벽이다. 지금 나는 철벽 앞에 서 있는 거야.

"기교는 그게 다인가?"

여유 넘치는 얼굴로 내 공격을 막으며 물었다.

난 숨도 못 쉴 정도로 최선을 다하는데 그는 말할 여유까지 있는 모양이었다.

이것이 전격의 공작이라 불리는 제국의 소드 마스터……인가.

주의력은 물론이고, 오러의 사용법, 힘의 분배, 속도와 냉철한 판단력까지.

전부 위다. 이자는 그 전부 나를 월등히 뛰어넘고 있다.

어느 순간부터 몸이 잘 움직여지지 않아 다급히 거리를 벌렸다.

아무래도 누적된 전류에 몸이 마비가 된 것 같았다.

저자는 철벽인 걸로도 모자라 공격하는 내내 내가 손해를 봐야 한다.

제길, 길이 보이지 않아.

저런 남자를 어떻게 공격해 이길지 전혀 답이 안 보여!

"전격의 벽을 깨트릴 정도의 파괴력과 오러 힘의 분배가 매끄럽긴 하나…… 결국, 그게 다군. 아직 오러의 색도 입히지 못하는 것 보니. 이제 질렸다, 죽어라."

일순간 그가 내게 달려들어 내 가슴을 향해 검을 내뻗었다. 난 다급히 가슴을 보호하듯 윈드 건틀렛을 앞세워 검격을 막아 냈지만 그 검격은 거기서 끝나지 않았다.

빠지지지지지지직!

윈드 건틀렛에 검이 닿는 순간, 어마어마한 전격이 방류돼 터졌다.

그 일격에 너무도 간단히 내 가드가 풀렸다.

동시에 가슴에 틀어박힌 압력에 피를 토하며 뒤로 날아갔다.

"커억! 쿨럭쿨럭!"

가슴을 해머로 얻어맞은 것 같은 충격에 숨이 쉬어지지 않았다.

오러를 집중시켜 두 손을 엑스자로 교차해 막았음에도 이 정도의 데미지라니.

저런 괴력을 감추고 있었을 줄이야. 그렇다면 저 남자는 파워도 나보다 한 수 위라는 말인가?

"라이트닝 범을 맞고도 살아 있다니. 일순간 오러를 전부 방어에 이용했다는 건가?"

그가 금색 턱수염을 쓰다듬으며 중얼거렸다.

대체 저자의 끝은 어디까지인 거냐!

"제기랄!"

다시 오러를 일깨웠다.

그러자 사라질 것 같았던 오러 신체가 다시 불타올랐
는데 그럼에도 난 전혀 위안을 얻지 못했다.

"꽤나 노력하는군."

"차아아앗!"

오기로 날 비웃는 그에게 달려들었다.

하지만 이젠 정말 일말의 기대도 하지 않는 건지 재차
조금 전 예의 그 기술을 내게 날렸다.

"읏!"

다시 그 검격과 맞부딪힐 생각은 추호도 없기에 사이
드 스텝을 이용해 옆으로 피해 냈다. 이 기묘한 스텝까진
완전히 파악하지 못한 공작은 조금 놀란 얼굴을 했지만,
그게 다였다.

빠지지지직!

내가 피한 자리에 기다렸다는 듯이 전격의 벽이 나를
가로막았다.

공작이 자신 방어에 벽을 사용한 게 아니라 내 움직임
을 막기 위해 이동 경로에 벽을 생성시킨 것이었다.

뒤이어 예의 그 공격이 내 등을 후려쳤다.

오러를 등에 집중시켜 꿰뚫려 버리는 사고는 피할 수 있었지만, 역시 뒤이어 터져 버리는 폭발성 전격에 난 저 멀리 나가떨어졌다.

"커흑!"

이번 건 무척이나 크다. 척추에 이상이 온 건지 몸 전체가 움직여지지 않았다.

"쿨럭!"

피가 한 움큼 바닥에 쏟아졌다.

내장에도 손상이 온 건가. 하하, 제기랄.

"그런 기교로 나를 어찌할 수 있을 것 같았나?"

공작은 쓰러진 내게 다가와 머리를 잡아 들어 올렸다.

난 그저 어떠한 반항도 하지 못하고 주르륵 딸려 올라가야만 했다.

"크, 으윽."

"차라리 좀 더 힘을 키워 오러에 색이라도 입혔다면 재미있었을 텐데. 쯧쯧. 그래, 이제 패배를 시인하겠는가."

마지막 내게 자비를 베푼다는 듯이 그는 씩 웃으며 물었다.

난 말없이 허우적 주먹을 내뻗어 그의 안면에 꽂아 넣었다.

오러가 운용되지 않아 무의미한 공격이 되었지만, 그

것만으로 화를 돋우기에 충분했는지 처음으로 공작의 얼굴이 험악하게 변했다.

"죽는 게 소원이라면 죽여 주지."

그는 내팽개치듯 나를 저 멀리 던져 버렸다.

덕분에 난 버려진 쓰레기처럼 바닥을 뒹굴었지만, 곧 이어져 올 공격을 대비해야 했기에 고통을 참고 어기적어기적 몸을 일으켜야만 했다.

패배를 시인할 순 없다.

여기서 내가 시인했다간 그녀가 죽으니까. 그래도 그렇지…….

"정말로…… 쿨럭! 내가 이길 수 있기는 할까."

너무도 실력 차가 나니 두려움보다도 웃음이 나왔다.

정말 허탈하기 그지없다.

그가 천천히 내게 다가왔다.

아직까진 발걸음에 여유가 느껴진다.

이것이 명확한 힘의 차이. 절로 이가 갈린다.

그녀는 내 억지스런 고집과 설득을 믿어 주고, 내게 자신의 모든 것을 맡겼다.

당시의 그녀의 목소리와 표정이 하나하나 새록새록 떠올랐다.

마치 주마등처럼.

정말 죽기 전에 뇌는 과거를 회상해 줄까? 주마등이란

것이 정말 있기는 한 걸까?

"별로 느끼고 싶진…… 쿨럭! 않지만."

다시 오러를 일깨웠다.

아직 오러의 힘은 넘쳐 흐른다. 아직 내 전부를 쏟아 낸 것은 아니니 당연한 것이리라.

"아직까지 반항할 힘이 남아 있나? 하지만 그래도 무의미."

캉!

공작이 가볍게 검격을 내질렀다.

하지만 난 그 공격을 윈드 건틀렛을 이용해 흘려 내듯 막아 냈다.

역시나 아까 같은 폭발은 일어나지 않았다.

역시, 그 공격은 큰 충격이 일어나지 않으면 발동되지 않는 것 같다.

"호오, 흘려 내다니. 전격을 충격 반동으로 터트린다는 것을 알아챈 건가. 하나, 그래도 무의미하다."

"크으으윽!"

그래도 역시 검에 남아 있는 전격의 힘 덕에 전류가 내 몸을 관통했다.

크윽, 신음 소리가 절로 새어 나왔다.

어떻게든 오러로 몸을 방어해 버텨 내는 데 성공했지만, 무리했는지 머리가 다 어지럽다.

하아, 하아. 하지만…… 아직 멀었……!

퍽!

그가 내 명치를 거침없이 발로 차 날려 버렸다.

크헉! 숨이 쉬어지지 않는다.

그는 널브러져 있는 나를 바라보며 천천히 검을 역수로 쥐었다.

저 기수식은 가장 처음 나에게 돌진하며 검을 내쏘았던 라이트닝이라는 기술이 분명하다. 크윽, 피해야 해. 피하지 않으면 죽어!

"으아아아아아아아아!"

다시 억지로 몸을 일으켰다.

그 모습에 공작은 조금 놀랐는지 기수식을 풀고 나를 바라보았다.

"아직 힘이 남아 있나?"

"헉, 헉. 아직…… 멀었어!"

다시 기세를 끌어 올렸다.

그래, 아직 멀었다. 겨우 이 정도로 내 의지는 꺾이지 않아!

땅을 박차고 달렸다. 내 돌진에 그는 작게 혀를 찼다.

"또 무모한 돌진인가. 이젠 그것도 질린다."

그래, 질리겠지.

하지만 어쩔 수 없다. 내가 할 수 있는 건 이것밖에 없으니까!

"하아아앗!"

"헛!"

달리는 도중에 기습적으로 손에 쥐고 있던 오러를 담은 돌멩이를 던졌다.

여제와의 수련을 통해 배운 공격.

비록 이 정도로 상처를 입힐 수는 없겠지만 시선을 흩트린 것만으로도 족하다.

공작이 던진 돌멩이에 놀라 급히 전격의 벽을 생성시켰다. 그래, 좋아, 그걸 바랐어!

"흐아아아아아아아아앗!"

주먹이 부셔질 각오로 오러를 끌어 모아 정면에 생성돼 있는 전격의 벽을 향해 코크스크류 블로우를 꽂아 넣었다.

이건 과거 쉐도우 소드와의 결전에서 썼던 그 공격이었다. 부탁이다, 꿰뚫어라아아아아아!

쨍그랑!

"……!"

내 주먹은 전격의 벽을 꿰뚫는 것으로도 모자라 공작 안면을 향해 날아갔다.

단 일 점을 향해 드릴로 후벼 파듯 공격하는 코크스크류의 위력은 상상을 초월했다.

쉐도우 소드와 격전할 때보다도 오러의 양이 많아졌고, 다루는 법도 익숙해졌으니 당연한 것이다.

"맞아라아아아아아!"

팅!

기습적인 공격이 안면에 적중하려는 찰나, 무언가 보이지 않는 벽에 의해 가로막혔다.

단 몇 미리 남았을 뿐이다. 그런데 이게 무슨!

"하, 하하. 벽이…… 하나 더 있어?"

"라이트닝 플레이트. 아쉽겠군, 그 너머까지 닿지 않아서!"

공작이 바닥에 검을 꽂아 넣었다.

그러자 마치 지진이 일어난 것처럼 땅이 갈라지더니 땅속에서부터 전격이 터져 나와 나를 날려 버렸다.

"오라버니!"

"하룬!"

"도련님!"

이세트와 에스다, 젠이 동시에 외쳤다.

제스필드는 앉아 있던 몸을 벌떡 일으킬 정도였다.

단지 바닥에 주저앉아 있는 여명의 여제, 사라 아이리네 클라인드만이 평정심을 유지하고 있을 뿐이었다.

"크윽! 역시 무리였어!"

제스필드는 머리를 쥐어짜며 욕서리를 내뱉었다.

역시 이건 무모한 결단이었다.

여제를 내보내는 것만으로도 반 모험이었건만 하룬이 대리라니!

하지만 이제 와서 취소할 수도 없었다. 제국을 떠나 다른 나라에서 사신이 올 정도로 많은 눈이 모든 걸 보고 있으니까.

"여제님! 이건 아무리 봐도 무리입니다!"

제스필드는 이 역정을 풀어 낼 자로 여제를 선택했다.

어쩌면 당연한 것이다. 이 모든 게 여제의 탓이기도 했으니까.

사라는 제스필드의 역정에도 그저 전장에 쓰러진 하룬만을 바라보았다.

그 모든 걸 눈에 담아 내기라도 하는 것처럼.

"아직…… 너의 힘은 그게 다가 아니지 않느냐."

그녀의 중얼거림이 공허하게 전쟁 속으로 퍼져 나가 사라졌다.

"헉, 헉! 오라비!"

"소피아! 왜 이렇게 늦었느냐!"

"헉, 헉. 동부 지역에 있었어! 지금 겨우 중앙 사막을 타고 왔다고!"

소피아의 말이 진짜인지 그녀의 머리와 옷은 온통 모래로 덕지덕지 붙어 있었다.

"아무튼 지금 그게 중요한 게 아니야! 오는 도중에 소문을 들었어! 여명의 여제와 전격의 공작이 대결을 벌이고 있다고? 그런데 지금 이게 뭐야, 어째서 여제가 서 있을 자리에 하룬 녀석이 있는 거야!"

소피아는 마카로니 수도성에 도착하자마자 하룬이 전격의 공작 검격에 나가떨어지는 모습을 보고 동료인 용병들도 뒤로한 채 무작정 헤이스트를 걸고 에스다가 있는 곳까지 달려왔다.

그 정도로 그녀는 지금 상황이 믿겨지지 않고 있었다.

"일단 진정해라. 여명의 여제 대신 녀석이 결투에 나가게 된 거다."

"이런 바보 같은! 녀석이 전격의 공작을 이길 수 있을 리가 없잖아! 당장 중지시켜!"

"이미 귀족의 결투가 시작됐다. 그럴 수 없다는 거 너도 잘 알지 않느냐."

"제길! 오라비가 할 수 없다면 이 황당한 결투 내가 막겠어!"

그녀는 당장이라도 전장으로 향할 셈인지 걸음을 옮기려 하자 에스다가 다급히 소피아의 팔을 잡아챘다.

"소피아! 진정해! 타인이 결투에 끼어들어 막았다간

전쟁으로 치닫는다!"

"그런 거 알 게 뭐야!"

"소피아!"

"크윽! 빤히 상황을 보고 있었으면서 왜 막지 못한 거야! 그렇게나 하룬을 죽이고 싶었어? 그런 거야 오라비?"

"말조심해라."

에스다가 차갑게 일갈했다. 소피아가 놀라 입을 다물자 그는 작게 한숨을 내쉬었다.

"너만큼 나도 화가 난다. 이렇게 눈뜨고 지금 상황을 지켜만 봐야 한다는 사실에 내 자신에게 화가 나 미칠 지경이다. 하지만 이건 하룬이 원한 거다. 여제가 자신의 목숨을 걸어 믿어 줬고, 자기 스스로 저 전장으로 나갔어. 그런데 내가 뭘 어찌할 수 있다는 말이냐!"

"그럴…… 수가."

소피아는 절망한 듯 그 자리에 털썩 주저앉았다.

"만약 전격의 공자에게 하룬이 죽으면…… 내가 복수한다."

"오라비……."

소피아는 에스다가 지금 무슨 결단으로 이 상황을 주시하고 있는지 눈치챘다.

"일단은 지켜봐라. 죽어도 전쟁이 일어나서는 안 돼."

"나와는. 아무래도. 상관없는. 일이군."

흠칫!

어디선가 공허한 목소리가 들려와 소피아와 에스다는 흠칫 놀랐다.

"잠깐, 이 목소린! 쉐도우 소드! 나를 뒤쫓아 온 거야?"

"쉐도우 소드? 그가 어째서! 제길, 왜 하필 이럴 때! 어디냐! 모습을 드러내라!"

에스다가 마나를 펼치며 외쳤지만, 어디에도 쉐도우 소드의 모습은 잡히지 않았다.

그럴 수밖에 없었다.

이미 쉐도우 소드는 전장으로 몸을 이동시켰으니까.

강하다.

상상도 하지 못할 정도로 강하다.

다시 저 멀리 나가떨어졌다.

방금 전격은 상당히 강했던 건지 몸이 마비되 조금도 움직일 수 없었다.

"설마 전격의 갑옷에까지 공격이 닿을 줄이야. 방금 공격은 칭찬해 주지."

여전히 여유로움 가득한 공작.

기가 찬다.

저러니 여제의 운명이 흰색으로 변한 거겠지. 새삼스러울 것도 없다.

우둑, 우둑.

일어났다.

억지로 비척비척, 어기적어기적 일어났다.

아직, 아직은 아니다.

다리야 움직여라, 심장아 뛰어라. 내 몸이 완전히 사라지기 전까진 움직여 줘!

"집요하구나. 대체 다시 그렇게까지 일어나는 이유가 뭐냐."

"……소중한 사람을 지키기 위해서."

잠겨 드는 목소리로 중얼거렸다.

그래, 소중한 사람을 지킨다. 죽음으로 정해진 운명을 뒤틀고 또 뒤틀어 지현이도, 세라 박사도, 이세트도, 사라도!

내 손으로 지켜 낸다.

다시 오러를 일깨웠다. 벌써 이게 몇 번째인지 모르겠다.

팔이 좀체 움직이지 않아 이를 악물었다.

자세를 취해라. 파이팅 자세를 하지 못하면 승부는 끝나고 만다.

"소중함을 지키기 위해서라…… 그 마음 존중해 이 일

격을 선물하지."

공작은 검을 높이 치켜들었다.

곧 검에서 줄기줄기 번개가 흐르더니 점점 어마어마한 크기로 불어나기 시작했다.

끝엔 마치 번개가 하늘로 치솟는 것 같은 모습이 되었다.

만약 저 전격이 나에게 쏘아진다면…… 재도 남지 않을 것 같다.

하지만 난 웃었다.

드디어, 드디어 내가 바라던 마지막 기회가 온 것이다.

오른손과 왼손을 포개듯 마주한 채 내 모든 오러를 손으로 모았다.

오른손으로 오러를 둥그렇게 씌우는 컨트롤을 함과 동시에 왼손으로 압축하고 있는 오러 안쪽에 또 다른 오러를 마구 주입한다.

그리하면 안쪽에 쏟아부은 오러가 공기가 팽창하듯 밖으로 빠져나가려 하고, 덕분에 압축하던 오러는 마치 돌멩이처럼 단단한 저항력이 생겨 더 손쉽게 압축되기 시작한다.

이렇게 만든 오러의 구슬이 바로 내가 만든 오러탄.

"그, 무슨…… 매개체 없이 오러를…… 압축했어?"

여제가 놀랐던 만큼 전격의 공작도 이것만큼은 놀라는

것 같다.

하지만 아직 멀었어!

오러는 압축하면 압축할수록 강해지는 성질을 가지고 있다.

마치 압착된 수압처럼.

그러니 좀 더, 아직, 아직, 아직, 아직이야!

주먹만 한 오러탄이 점점 작아져 이내 손톱만 한 크기로 줄어들었다.

여기까지 가니 조금만 정신이 흐트러져도 터질 것 같아 압축하는 걸 중단했다.

"하, 하하하! 재미있구나. 과연 그 기술이 얼마만큼 강할지는 모르겠다만 정면 승부, 받아 주지 않으면 귀족으로서 예의가 아니겠지! 어디 받을 수 있으면 받아 보거라! 기가 라이트닝!"

빠지지지지지지지지지지지지직!

공작이 검을 떨쳐 내자 전격이 파도처럼 휩쓸듯 대지를 갈라 버리며 내게 날아왔다.

지금 공격은 구경하는 병사들도 위험했던 건지 다급히 방어 마법을 시전하는 모습을 볼 수 있었다.

난 어마어마한 전격의 파도를 바라보다 왼손에 오러탄을 띄운 채 오른손을 있는 힘껏 뒤로 당겼다. 받아라, 이 오러탄에 내 모든 것을 건다!

"타하아아아아아아앗!"

꽈과과과과과과과과광!

오러탄을 살짝 던진 후 적정 거리에 내려온 순간, 발을 크게 내딛으며 오러탄에 라이트 스트레이트를 날렸다.

그러자 마치 하늘이 갈라지는 듯한 굉음과 함께 윈드 건틀렛을 끼고 있었음에도 불구하고 반발력을 버티지 못한 내 주먹이 으지직 부셔졌다.

실험할 때도 손목이 나갈 정도였는데 온 힘을 다한 오러탄을 날렸으니 당연한 걸까.

내가 압축한 오러탄은 이렇게 날린 순간 크게 터져 버리거나 하지 않는다.

단지 날아간 방향에 있는 모든 것을 꿰뚫을 뿐이었다.

전에 숲에서 이 오러탄을 날렸을 땐 겉보기엔 아무런 모습도 변한 게 없기에 아버지도, 영지 사람들도 아무도 눈치채지 못했었다.

하지만 분명 변한 것은 있었다.

오러탄이 날아간 자리에 있던 바위나 나무들 전부 조그마한 구멍이 뚫려 있었던 것이다.

반증하듯 역시나 오러탄은 레이져처럼 쏘아져 나가 눈앞에 있는 전격의 파도를 꿰뚫었다. 그로도 모자라 공작이 만든 전격의 벽도 꿰뚫고 전격의 갑옷도, 공작을 지나 뒤에 있는 성벽, 그 너머 수십 채의 집들과 나무, 결국,

궁성까지 관통해 뒤에 있는 언덕 산까지 날아가 사라져
버렸다.

쿠르르르르르르르르릉.

뒤늦게 수도성에서 무언가 무너지는 소리가 울려 퍼졌
다.

11.
다시 운명을 바꾸다(2)

"……."

"……."

"……."

주위가 조용해졌다.

그 소란스럽던 주위가 물속에라도 들어간 것처럼 잠잠
해졌다.

전격의 공작은 믿기지 않는 눈으로 나를 바라보기만
했다.

그러다 오른쪽 어깨를 감싸 쥐며 무릎 꿇었다.

스멀스멀 감싸 쥔 손 사이로 흘러나오는 피.

난 내 오러탄이 그의 어깨를 관통하고 지나갔다는 것

을 알 수 있었다.

"무슨 이런…… 파괴력이."

아쉽게도 정확도가 부족해 어깨를 관통하는 데 그친 것 같았다.

아니, 미세하지만 그가 그 찰나의 순간, 몸을 살짝 옆으로 튼 것도 보았다.

즉, 허무하게 내 공격은 실패해 버리고 만 것이다.

난 무너지듯 바닥에 엎어졌다. 주먹도 망가졌고, 오러도 전부 소모해 버렸다. 이제 농담 안 하고 손가락 하나 까닥할 힘도 없다.

그래…… 난 졌다.

"이런 마지막 수를 가지고 있었다니. 보기보다…… 위험한 놈이었군."

전격의 공작은 이를 으득 갈며 왼손으로 검을 고쳐 쥐었다.

결코, 살려 둘 생각은 없는 것 같았다.

억지로 다시 몸을 일으키려고 했지만, 몸이 말을 듣지 않았다. 허우적거릴 힘도 없어 그저 멀거니 공작이 치켜든 검만 바라볼 수밖에 없었다.

왠지 울음도 나오지 않았다.

허무하리만치 상대가 강한 것도 있었고, 울 힘도 없었기 때문이다.

난 그저 눈을 감았다. 마음속으로 여제에게…… 사과
하며.

빠직! 빠지직!

"잘 가라, 애송이."

"꼴. 좋구나."

흠칫!

전격의 공작이 내게 마무리 일격을 가하려는 찰나, 어
디선가 들려온 목소리에 다급히 수십 미터나 뒤로 물러났
다.

필요 이상으로 물러난 것 보니 어지간히 놀란 것 같았
다. 그런데 이 목소리는……

"누, 누구냐!"

"겨우. 이 정도로. 무너지는. 나약한 자였나."

"거기냐!"

전격의 공작이 내 오른쪽 편을 향해 검격을 내질렀다.

그러자 정말 누가 서 있었던 건지 검격이 터지며 신기
루처럼 사람의 형상이 드러나기 시작했다.

"당신은…… 쉐도우…… 소드……!"

쥐어짜듯 말했다.

흰머리에 초점 없는 공허한 회색 눈.

분명 쉐도우 소드다. 대체 어째서 여기에 그가!

그는 회색 눈으로 그저 나를 내려다보고 있었다.

그 어떠한 행동도 없이. 그러다 고개만 돌려 전격의 공작을 주시한 채 다시 나에게 말했다.

"네 의지는. 겨우. 이 정도였나."

그 차가운 목소리가 비수가 되어 내 가슴에 내리꽂혔다.

이제 손가락 하나 까닥할 힘도 없다. 이런 상황에서 대체 나보고 어쩌란 말인가.

"나를 상대할 때의. 의지는. 전부 사라진 건가. 복수할 만큼. 상대할 가치도. 없었군."

"⋯⋯크읔."

어떠한 반박도 할 수 없었다.

부끄럽다. 부끄럽고 화가 나 미칠 것 같았다.

그래, 지금 상황 전부 내 고집으로 만들어진 자리고 내가 승리를 안겨 주겠다고 그녀에게 호언장담했었다.

그런데 지금 이렇게 쓰러져 적을 올려다보고 있다는 사실이 치욕스럽다.

당시의 의지? 그때와 나는 다른가? 그때는 지금보다 더 필사적이었나? 지금은 필사적이지 않은가?

이가 갈린다.

난 언제나 필사적이었어.

아버지가 죽었을 때도, 동생이 루게릭병에 걸렸을 때도, 어머니가 쓰러졌을 때도! 언제나 필사적이었단 말이다!

"당신은…… 분명 쉐도우 소드. 흥, 기회를 틈타 나를 죽이려 한 건가. 흥, 마침 잘됐구나. 이참에 네 목을 베어 내 힘을 증명하리라!"

"지금 난. 기분이. 좋지 않다. 상대하겠다면. 받아 주지."

쉐도우 소드는 등에 메고 있던 흑색의 검을 뽑아 들며 암흑의 색을 입힌 오러를 뿜어냈다.

ㄱㄱㄱㄱㄱㄱㄱㄱㄱ.

검은 안개 같은 오러와 전격의 오러가 서로 허공에서 충돌해 칠판 긁는 듯한 소리가 울려 퍼졌다.

아무래도 기 싸움을 펼치고 있는 것 같았다.

둘은 누구 하나 물러서지 않았다.

그저 그 자리에 우두커니 서서 오러만으로 상대를 찍어 누르려 하는 것 같았다.

그런 모습을 보며 주위 병사들은 감히 나서지도 못했다.

"기다…… 려."

오러 싸움이 최고조에 이르러 본격적인 격돌이 펼쳐지려는 그때, 내가 말했다.

일순간 내 목소리에 둘은 격돌하던 기를 풀고 나를 돌아보았다.

"아직…… 일어설 힘이 남아 있다고?"

"그래야. 내가 점찍은. 사내지."

전격의 공작은 심하게 놀란 건지 눈빛까지 흔들리고 있었다.

반대로 쉐도우 소드는 복면을 하고 있어 보이진 않았지만, 어쩐지 웃고 있는 것 같이 느껴졌다.

이 빌어 처먹을 운명, 이것이 시련이라면 받아들이겠다.

더 이상 오러를 운용하지 못하면 어떤가, 주먹이 부셔지면 또 어떤가.

겨우 이 정도로 포기할 테냐? 시궁창 속에서 생활했던 때도 포기하지 않았던 내가 겨우 이 정도로 포기할 성 싶으냐!

억지로 부셔진 손을 움켜쥐고 파이팅 자세를 취했다.

자꾸 다리가 후들후들 떨렸지만, 억지로 참았다.

이성일, 팔을 올려! 주먹을 쥐어! 그리고 소중한 사람과 네 가족을 지켜라!

그 정도도 못하는 거냐? 내 의지, 내 생명, 내 운명! 그 모든 걸 걸어서!

이 운명을 바꿔!

[나의 주인과 같은 운명의 이계인이여, 그 의지, 분명히 받았다.]

푸화아아아아악!

갑자기 오른손 윈드 건틀렛에서 빛이 뿜어지더니 내 주위로 광풍이 불었다.

내 옷이 부풀어 터질 것처럼.

형용할 수 없는 바람에 근처에 있던 쉐도우 소드, 전격의 공작, 그리고 나 또한 놀라서 아무 행동도 취할 수 없었다.

[원하는가, 힘을. 바라는가, 힘을. 그렇다면, 말하라. 내 이름은 페어리 검, 윈드 소드.]

머릿속으로 들려오는 작은 이명 소리.

노이즈가 많아 잘 들을 순 없었지만 확실히 느낄 수 있었다.

건틀렛, 그러니까 에고 소드라 하는 윈드 소드의 목소리를.

가슴이 뛰었다.

조금 전까지 만해도 기력이 하나도 없었는데 지금은 마치 바람이라도 된 것처럼 몸이 가벼웠다.

지금…… 나를 도와주는 거야? 지금 이 상황에서 너를 믿으라는 말이야? 주먹도 오러도 쓸 수 없는 나는 아무 것도 할 수 없는데?

휘이이잉.

믿기지 않는 내 마음을 감싸 주듯 작은 바람이 볼가를

스치고 지나갔다.

가슴이 벅차올랐다.

만약, 만약, 정말 힘이 되어 준다면 말하지 못할 것도 없다.

이 빌어먹을 운명을 뒤틀어 버릴 수만 있다면 내 영혼이라도 팔리라!

"윈드 소드ㅇㅇㅇ!"

콰콰콰쾅!

쥐어짜듯 외치자 내 주위로 바람이 폭발하며 터져 나갔다.

쉐도우 소드도 전격의 공작도 깜짝 놀라 다급히 뒤로 물러났다.

바람은 회오리처럼 내 주위에 휘돌았다.

바람이 얼마나 강한지 근처에 있던 돌, 풀, 흙더미 전부 하늘 높이 끌어 올리고 있을 정도였다.

동시에 내 몸에서 사라진 줄 알았던 오러가 서서히 다시 피어올랐다.

그런데 놀라운 건 전처럼 푸른 불꽃의 평범한 오러가 아니었다.

윈드 소드에 호응하듯 투명한 바람의 오러가 몸 전체에 휘돌고 있었다.

하룬이 바람의 오러를 일으키는 모습을 본 제스필드는 놀라움을 주체하지 못하고 입을 벌렸다.

그건 옆에 있는 아나스타샤 황녀도, 휘하 귀족들도 마찬가지였다.

"저건…… 바람의 오러인가."

"바람의 오러……."

"그야말로 윈드 오러……."

오러가 색을 입고 발현되는 경탄스러운 광경에 모두들 멍하니 중얼거렸다.

그건 단순히 왕족, 귀족들을 떠나 병사들은 물론이고 다른 나라의 사절단까지 감탄시키기에 충분했다.

"바람의 오러라…… 하룬, 너와 무척 어울리는 오러구나."

그동안 아무런 표정변화 없이 앉아 있던 여명의 여제는 드디어 처음으로 미소 지었다.

그리고 한줄기의 눈물을 흘렸다.

그동안 참고 견딘 격정이 일순간에 터져 쏟아지는 것처럼.

* * *

[바람은 그대의 손과 발이 되리니.]

다시금 노이즈 심한 이명 소리가 들려왔다.

'바람은 나의 손과 발이 된다.'

어째선지 이 말을 듣는 순간 이해할 수 있었다.

어찌 이 바람을 이용해야 하며 어찌 사용해야 하는 건지.

바람의 오러로 이루어진 주먹을 움켜쥐었다.

그래, 이 바람은 내 손이다. 바람은 내 발이다!

으스러진 주먹을 바람으로 감쌌다.

후들거리는 다리 또한 바람으로 둘러 감았다.

움직일 수 있다. 휘두를 수 있다.

이 바람을 이용한다면 그 누구보다도 빠르게!

잠시 주먹을 쥐락펴락하다 전격의 공작을 돌아보았다.

전격의 공작은 내가 돌아보자 흠칫 놀라 한 발짝 뒤로 물러섰다.

"……이 내가 물러섰다고?"

그는 자신이 물러섰다는 것에 충격받은 건지 황당한 표정을 짓다 이내 턱수염이 푸들푸들 떨릴 정도로 격분했다.

"감히 잘도!"

그의 기분을 대변하듯 전격이 평원 전체로 터져 나갔다.

으지직.

땅이 일어나고 대기가 찌릿찌릿 울렸다.

저 멀리 있는 병사들도 그걸 느낀 건지 흠칫 놀라며 다급히 더 뒤로 물러날 정도였다.

"그래, 좋다! 와라! 한번 자웅을 겨뤄 보자!"

전격의 공작이 전격의 오러를 있는 힘껏 끌어 올렸다.

난 그 모습을 멀뚱히 바라보다 오른손에 끼워진 건틀렛, 윈드 소드를 감싸고 가슴 쪽으로 가져가며 중얼거렸다.

"가자, 윈드 소드."

파아아앙!

땅을 박차자 공기가 터지며 날아갔다.

그 도중에 허공을 박차 2차 도약, 다시 박차 3차 도약, 그 뒤로도 계속 허공의 바람의 벽을 박차며 연달아 달려 나갔다.

그 속도감은 내 동체 시력으로도 거의 주위 풍경이 사라져 보이지 않을 정도의 속도였다. 제트기가 이 정도일까?

"무, 무슨 속도가 이리도……!"

아차, 어느새 전격의 공작을 넘어섰는지 눈앞에 성벽이 보여 급히 선회했다.

이런, 속도에 도취되어 있으면 안 돼지. 지금은 저 공작을 쓰러트리는 것만 생각하자.

"흐아아앗! 라이트닝!"

속도에 뒤처진 게 화났는지 가장 빠른 쾌속의 검격인 라이트닝을 시전하며 내게 마주 달려들었다.

처음만 해도 지 공격에 거의 대처하지도 못했건만, 어째서인지 지금은 너무도…… 너무도 느리게만 보였다.

난 가볍게 바람을 두른 왼손으로 아웃사이드 방향으로 전격의 검을 쳐 냈다.

이것은 복싱에선 파링이란 기술로 상대의 펀치를 자기의 손으로 되받아 쳐 내는 기술이지만 지금 난, 상대의 검을 손으로 쳐 낸 것이다.

내가 그렇게 너무도 가볍게 검격을 튕겨 내자 그는 눈을 부릅뜨며 경악했지만, 이내 표독스럽게 변했다.

"감히! 일렉트릭 웨이!"

츠파파파파파파팟!

튕겨 낸 검을 어떻게든 끌어들여 연속적으로 무수한 검격을 내게 내질렀다.

분명 전기가 통하는 길처럼 그 검격은 놀라울 정도로 빨랐지만…… 결국 내 바람만큼은 아니었다.

동체 시력과 바람의 힘만으로 더킹, 드로잉, 어웨이와 같이 상반신의 움직임인 보디워크만으로 전부 피해 냈다.

마지막으로 머리로 찔러 들어오는 검격을 헤드슬리핑을 이용해 어깨 너머로 피해 낸 나는, 카운터로 가로지르

듯 오른손을 위로 돌려 거침없이 라이트 크로스 블로우로
연결시켰다.

쾅!

처음으로 전격의 공작의 목이 옆으로 꺾였다.

난 여기서 그만둘 생각은 추호도 없기에 그대로 아래
에서 위로 콤보네이션으로 숏트 어퍼를 올려쳤다.

빠직!

이 두 방으로 그의 두 번째 벽인 라이트닝 플레이트에
금이 간 것을 확인할 수 있었다.

그로부터 난 상대와의 거리, 레인지를 유지하며 좌우
원투, 라이트, 라이트, 다시 라이트 후, 사이드 스텝을
밟아 옆으로 돌아선 후, 레프트로 그를 바로 세우고 라이
트 스트레이트.

보통 여기까지 하면 쓰러지겠지만 내 속도가 워낙 빨
라 넘어지려는 그의 반대편으로 돌아가 보디에 한 방 꽂
아 넣고, 빠져나온 턱을 그대로 다시 올려쳤다.

그것만으로 그의 눈이 휙 돌아간 것을 확인하였지만,
여긴 레프리 스톱 따위는 존재하지 않는다.

"으아아아아아아아아아아아!"

그로부터 미친 듯이 주먹을 휘둘렀다.

주위는 눈에 들어오지도 않았다.

그동안 나를 얕본 그의 안면에, 웃어 젖혔던 그의 폐

에, 나를 헐뜯었던 그의 혓바닥까지 전부 주먹을 꽂아 주었다.

그래도 모자라 바람의 오러를 집중시켜 그를 위로 띄워 올리고선 바닥에 발이 닿지 않을 정도로 명치에 주먹을 박아 넣었다.

아까 그가 내 명치를 발로 후려친 것에 몇 배, 몇 십 배 더 복수하겠다는 일념으로.

"그르륵……."

얼마나 정신없이 쳤을까.

공작은 피거품을 물며 내게 안기듯 쓰러졌다.

그렇게 클린칭 당해서야 나는 무차별로 쏟아붓던 공격을 멈춰 섰다.

"헉, 헉, 헉, 헉."

"……."

"……."

"……."

내가 공격을 멈추고 숨을 고르며 상황을 살피니 어느새 주위는 조용해져 있었다.

누구도 말 한마디 하지 않았다. 그저 쿵쿵 거리는 내 심장 소리만 들려올 뿐이었다.

털썩.

전격의 공작은 주르륵 내 몸을 타고 미끄러져 바닥에

널브러졌다.

언제부터인가 그의 전격의 오러는 완전히 사라져 있었다.

그의 피부에 둘러싸고 있던 라이트닝 플레이트도 완전히 부서져 있었다.

난 불안해 다시 주먹을 쥐었다.

여기서 일어나면 안 돼. 아예 일어나지 못하도록 완전히 박살을……!

"이제 그만, 그만 되었다."

쓰러진 그의 뒤통수에 다시 주먹질을 하려는 내 등을 누군가가 살며시 껴안았다.

무척 따뜻하고 아늑한 온기가 느껴졌다.

"하룬, 네가…… 이겼다."

내가 너무도 잘 아는 목소리.

여명의 여제. 내가 좋아하는 여성, 사라 아이리네 클라인드다.

"헉, 헉, 끄윽, 끄으윽."

비로소 안도감에 정신이 돌아오고 눈물이 비집듯 흘러나왔다.

그제야 망가진 주먹이 미친 듯이 아파 와 난 그 자리에 주저앉고 말았다.

그녀는 말없이 주저앉아 계속 내 등을 껴안았다.

마치 수고했다는 듯이, 이제 쉬어도 된다는 듯이.

난 배에 깍지 끼고 있는 그녀의 손을 내려다보았다.

그녀의 운명의 실은 붉은빛을 띠고 있었다.

"으흑, 으흐윽!"

난 끅끅 거리는 울음을 참으며 그녀의 손을 꼭 쥐었다.

해냈다.

이세트를 구했던 것처럼 다시 나는.

운명을 바꿨다.

"세 달 후. 블루아이스 륀이. 될 때까지. 기다릴 필요는.
없어 보이는군."

격하던 마음이 싸늘하게 식었다.

완전히 잊고 있었다.

지금 이 자리에는 또 한 명의 적이 서 있었다는 것을.

다급히 여제를 뒤로 밀어내며 오러를 일으켰다. 아니,
일으키려 했다.

"으윽!"

완전히 소멸했는지 오러가 털끝만치도 일어나지 않았다.

도리어 머리가 지끈거려 설 수조차 없었다.

아, 안 돼. 이렇게 쉐도우 소드에게 당할 수는……!

툭.

안간힘을 쓰는 내 머리에 누군가의 손이 닿았다.

멍하니 올려다보니 내 머리에 손을 올린 건 놀랍게도

쉐도우 소드였다.

"즐거웠다."

그는 내 머리에 손을 올린 채 마치 어린 동생을 칭찬하듯 중얼거렸다.

"나 쉐도우 소드는. 전격의 공작을 이긴. 바람의 일격에게. 경의를 표한다. 그리고 조만간 찾아오마."

그는 그렇게 말하곤 그대로 사라져 버렸다.

여제와 난 스러지듯 사라진 허공을 주시하며 아무 말도 하지 못했다.

"스, 승부가 났다아아아아아!"

"바람의 일격! 만세에에에!"

"바람의 일격! 만세에에에!"

"제스필드 황자 폐하 만세에에!"

"제스필드 황자 폐하 만세에에!"

뒤늦게 쩌렁쩌렁한 함성 소리가 평원 전체에 울려 퍼졌다.

〈『운명을 바꾸다』 제5권에서 계속〉

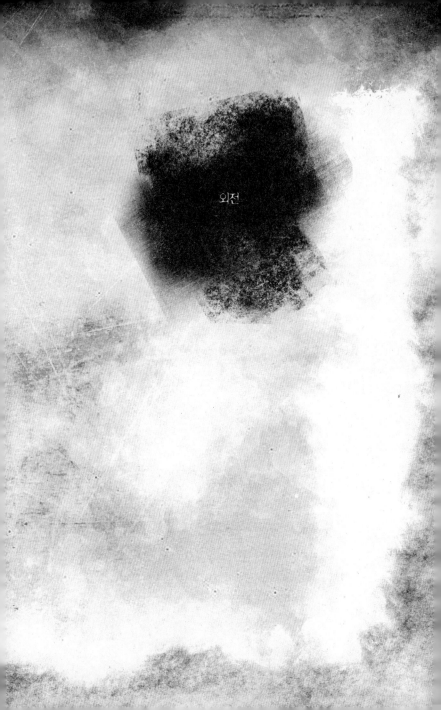

외전

"반역자 무리를 쳐라!"

"놓치지 마라! 황태자님의 명이다!"

"목을 내놓거라!"

이그스타인 황자의 명을 받은 황궁 근위 기사들이 일제히 윈델트가 머무는 저택을 급습했다.

설마 황궁을 지키는 기사가 적으로 돌변해 공격해 올 줄 몰랐던 윈델트가 불꽃 기사단은 속수무책으로 밀릴 수밖에 없었다.

"우리는 결백하다! 어째서 이런 만행을…… 퀵!"

"이것이 충성으로 임한 신하를 대하는 황궁의 자세인가!"

"제기랄, 이러다 전멸하겠어!"

"페터, 아룬! 뒤로 빠져라! 일단 모두 저택 안으로 들어가 전열을 다듬는다!"

"하지만 젠! 우리가 빠지면 여기 있는 사람들은 전부 죽어!"

"지금 우리가 지켜야 할 분은 여기 있는 사람들이 아니다! 어떻게든 살아남아 영주님을 모셔야 한다!"

"크윽, 빌어먹을! 메그넘, 기로틴! 불꽃 기사단을 불러 모아라! 저택 안으로 피신한다!"

"칫, 어쩔 수 없지! 빠져라, 일단 뒤로 후퇴해!"

불꽃 기사단은 젠의 명령대로 서서히 뒤로 빠지다 모두들 저택 안으로 들어가 버렸다.

그렇게 저택 정문을 지키던 기사단이 빠지자 황궁 근위 기사들의 사기가 치솟아 검을 추켜들었다.

"반역자 무리가 도망갔다! 쫓아라!"

"명분은 우리에게 있다! 악적 무리를 처단하라!"

"우와아아아아아아!"

"크악!"

"제, 제발*목숨만은…… 크억!"

"사, 살려 주, 까아아악!"

저택 안으로 들어온 황궁 근위 기사들의 검은 어린애, 노약자, 여자 할 거 없이 눈앞에 보이는 모든 것을 처참히 도륙했다.

저택 뒤편 정원으로 이어진 회랑을 달리던 불꽃 기사단은 저 멀리서 들리는 처절한 비명 소리에 모두 이를 갈았다.

"빌어먹을! 기사가 힘없는 자들을 방패로 써서 도망가야 하다니!"

"젠 수석 기사님, 우리가 맞서야 합니다! 저놈들이 윈덜트가 식구들을 전부 죽일 거라고요!"

"참아라, 지금은 싸울 때가 아니다."

"하지만!"

"기로틴! 상관의 명령이다, 입 다물거라!"

"하지만 페터 일등 기사님! 이건 기사도에 어긋나는 행위입니다!"

"내 말 못 들었나? 더 입을 놀려 모두를 불안하게 만들면 내 친히 네 목을 베어⋯⋯."

"저기다! 반역 무리가 정원으로 도망간다!"

"뒤쫓아라! 반역 무리를 처단하라!"

"제길, 벌써 여기까지⋯⋯ 뭐해! 어서 뛰어!"

"큭, 달려! 여기서 죽을 순 없지 않냐!"

"살아야 한다! 우리가 살아야 영주님을 지킬 수 있다!"

불꽃 기사단은 피가 나올 만큼 입술을 깨물며 다리에 더 박차를 가했다.

"여기다! 이놈들, 거기 서⋯⋯ 큭!"

"마, 막아! 퇴로를 막으면 지원군이 오…… 크아악!"

"퉤! 도망가고 있다고 해서 우리 힘까지 병신 취급 하지 마라, 애송이."

거하게 침을 뱉은 텁석부리 일등 기사 페터는 눈앞에 쓰러진 근위 기사 둘을 내려다보며 신경질적으로 젠에게 말했다.

"젠, 새끼들이 포위해 오기 시작했어. 이대론 따라잡힌다. 그런데 대체 어디로 갈 셈이냐?"

"정원 뒤쪽에 빠져나가는 비밀 통로가 있다. 일단 그곳을 이용해 성을 빠져나가 뿔뿔이 흩어져 도심 속에 숨어드는 수밖에 없다."

"근위 기사 놈들 철저히 계획해 움직인 것처럼 보이던데, 비밀 통로에 매복해 있지 않을까?"

"……거기까지 생각했다면 애초에 탈출구 따윈 없다고 봐야겠지."

젠이 근심 어린 표정을 지으며 말하자 페터는 짧게 혀를 찼다.

"쯧, 뒷구멍까지 철저하지 않았기를 바라는 수밖에 없다는 건가."

"그런데 대체 왜 근위 기사가 윈덜트가를 공격한 거죠? 전 아직도 이해가 가지 않습니다."

잠자코 두 기사의 대화를 듣고 있던 이등 기사 메그넘

이 불안해하며 물었다.

그 물음에 페터는 한심스럽다는 얼굴로 메그넘을 돌아보았다.

"생각 좀 하고 살아라. 근위 기사들이 떠드는 말 못 들었냐? 아직도 모르겠어?"

"들었습니다. 하지만 그래도 이해가 안 갑니다! 어째서 저희가 반역자로 낙인이 찍힌 거죠?"

"메그넘, 윈덜트가는 이그스타인 황자의 계략에 빠진 거다."

젠이 두말할 거 없이 명쾌하게 풀어 설명해 주었다.

"계략이요? 맙소사, 그럼 본궁으로 불려 간 영주님과 하룬 도련님은 대체 어찌……."

"자, 서둘러 이동하자. 여기서 지체하고 있을 시간 없어. 간다."

"자, 잠깐만요! 젠 수석 기사님!"

메그넘이 젠을 불렀지만, 이미 모두들 달리기 시작해 어쩔 수 없이 자신도 뒤따라갈 수밖에 없었다.

그렇게 불꽃 기사단은 고군분투하며 사지를 빠져나오려 했지만, 상황은 열악할 대로 열악해 마치 뱀이 먹이를 조여 오듯 조금씩 그들은 낭떠러지 끝으로 내몰리고 있었다.

"젠 수석 기사님, 우측은 무리입니다! 생각보다 많아요!"

"헉, 헉! 좌측도 막혔습니다! 사넨 이등 기사 휘하 삼등 기사들이 막고 있지만, 오래 버티지 못할 것 같습니다!"

온통 몸에 피를 묻힌 기사가 다급히 달려와 젠에게 보고했다.

몇몇은 사지를 뚫고 온 덕에 팔이 잘리거나 화살에 맞는 등 중상을 입은 기사도 볼 수 있었다.

"여기다! 이쪽이다!"

"잡아라! 놓치지 마라!"

"정면에서 근위 기사가 몰려옵니다! 어서 피하싶……크억!"

"젠장, 벌써 따라잡혔어! 달려! 잡히면 죽는다!"

"정면을 뚫어라! 활로는 거기다!"

"멈추지 마라! 멈추면 포위당한다!"

기사들은 더 필사적으로 생로를 찾기 위해 눈앞에 보이는 근위 기사들을 베어 나갔다.

하지만 역시 시간은 지체되었고 결국, 뒤쪽에도 근위 기사들이 밀어닥치기 시작했다.

"벌써 뒤쪽도 따라잡혔어!"

"으윽, 헉, 헉. 메르그스, 샤델베리아, 그 외 나처럼 중상 입은 기사들은 들어라! 우리가 퇴로를 막는다!"

"이등 기사님의 명을 받습니다!"

"이등 기사님의 명을 받습니다!"

팔이 잘려 힘들어하던 기사 한 명이 외치며 멈춰 서자 몇몇 피를 흘리며 괴로워하던 기사들이 뒤따라 멈춰 섰다.

그런 갑작스런 상황에 눈앞에 적을 베고 있던 페터가 대성했다.

"너희들 무슨 짓거리야!"

"어차피 이젠 달릴 수 없는 몸, 하아, 하아. 뒤는 저희가 막겠습니다."

"크윽, 하아, 하아. 부디 선배님들은 피신하여 영주님을 지켜 주십시오."

중상을 입은 기사들이 쓸쓸하게 미소 지으며 검을 들어 예를 갖췄다.

"너희들……."

"이 자식들이……."

눈앞에 적을 베고 있던 일등 기사들은 하나같이 인상을 찌푸렸지만, 더 이상 아무 말도 하지 않았다.

말은 하지 않았지만 모두들 알고 있었던 것이다.

어차피 저들은 살지 못할 것이란걸. 그렇다면 그 결의를 존중해 주는 수밖에 없다.

"크윽, 부탁한다."

"너희의 신념, 분명히 이어받았다."

"뭐해! 돌파해라, 우리가 죽으면 저들의 결의가 전부 헛수고가 된다!"

"제기라아아아아알! 뚫어!"

"감사합니다, 선배님들. 이등 기사들 및 삼등 기사들은 들어라! 우린 자랑스런 불꽃 기사단의 일원으로서 한 점 부끄럼 없이 살아왔다! 그렇지 않은가!"

"맞습니다!"

"기사로서 충실한 삶이었습니다!"

"자, 그럼 마지막 불꽃을 태울 시간이다! 나를 따르라!"

"우와아아아아아아아!"

"윈딜트여 영원하라!"

"우리의 불꽃 기사단의 이름은 후대에도 영원히 남으리라!"

함성을 내지른 그들은 저마다 힘차게 검을 꼬나 쥐고 반대로 달려 나갔다.

그리고 머지않아 병장기 부딪히는 소리가 울려 퍼졌다.

"헉, 헉. 일단 정면은 뚫었다. 서둘러 빠져나간다. 페터! 뭐해!"

급히 달려나가려던 젠은 갑자기 페터가 멈춰 서자 당황해 자신도 멈췄다.

페터는 잠시 뒤편을 바라보다 머리를 거칠게 긁었다.

"아아, 역시 무리야."

"무슨소리야, 페터! 어서 달려!"

"젠, 너도 알고 있잖아. 녀석들 그 몸 상태로는 일분도 못 버텨. 금세 다시 따라잡힐 거다."

"그렇다고 포기할 셈이냐! 넌 그들의 결의를 뭘로 보고⋯⋯!"

"너희는 도망가라."

젠의 말이 다 끝나기도 전에 페터가 젠의 어깨를 굳게 잡으며 진중히 말했다.

"이 좁은 복도에서 나라면 10분은 막을 수 있다. 충분히 시간을 벌 수 있을 거야."

"페터, 너⋯⋯."

"넌 살아남아라. 네가 죽는 건 우리 불꽃 기사단에게 있어서도, 윈덜트가에 있어서도 아까워."

"무슨 개 같은 소리야!"

항상 그 어느 때라도 냉철하게 일관하던 젠이 처음으로 페터에게 욕서리를 내뱉었다.

그 모습에 뒤따르던 기사단원 모두 놀라 젠을 돌아보았다.

"널 놔두고 갈 순 없다. 명령이다, 따라와."

"그럼 오늘부로 기사단은 그만두지."

페터는 플레이트 아머에 붙어 있는 불꽃 문양 휘장을

거칠게 찢어 버렸다.

그 행동의 의미를 모르는 자는 아무도 없었다.

"너 이 자식……."

북, 북.

젠이 다시 뭐라 하려는 그때, 몇몇 기사도 자신의 휘장을 찢었다.

그들은 하나같이 결의에 찬 얼굴을 한 채 페터 옆에 서며 말했다.

"하나보단 둘이 좋겠죠."

"페터 일등 기사님에게 여러 번 목숨을 빚진 겁니다. 이럴 때 놓고 가시면 섭섭하죠."

"쯧, 이런 일은 나 하나면 충분해. 너희는 돌아가."

"그럴 수 없습니다. 젠 수석 기사님, 저희도 남겠습니다. 부디 영주님을, 그리고 윈덜트가의 미래인 하룬 도련님을 부탁드립니다."

"부탁드립니다."

"부탁드립니다."

하나같이 기사들은 손을 가슴으로 가져가며 젠에게 기사의 예를 취했다.

그 모습은 사뭇 경건하게 보이기까지 했다.

"하여간 고지식한 것들. 들었지? 여긴 우리가 막으마. 너는 무조건 살아남아라."

"......"

"뭐해. 어서 가!"

"......제기랄."

주먹을 꽉 움켜 쥐고 있던 젠은 결국, 휙 뒤돌아섰다.

"간다."

"젠 수석 기사님."

"우린 영주님의 검이다. 죽는 한이 있어도 그 사실을 잊지 마라."

"......크윽!"

"이 원통함 이 검에 맹세코 갚을 것입니다."

모두 하나같이 원통함에 눈시울을 붉혔다.

젠은 가까스로 울분을 참아 내곤 나머지 기사들과 함께 복도를 떠나갔다.

"......갔구먼. 녀석, 정에 구애받을 줄 알았는데. 이젠 수석 기사다워졌네."

"페터 일등 기사님이 너무하셨습니다. 젠 수석 기사님은 과거에도 친구를 잃으셨던 일이 있지 않습니까. 분명 상처받았을 겁니다."

"그건 네놈들이 잘못 알고 있어. 그놈은 언제까지 과거에 집착할 놈이 아냐. 그런 놈이었다면 하룬 도련님을 따를 일도 없었겠지."

"......하긴."

"그렇긴 하네요."

"여기다! 여기 있다!"

"제길, 또 막아선 무리인가!"

"나 죽이고 뒤쫓아! 아직 멀리 도망가지 않았을 거다!"

"휘유— 많이도 몰려왔군. 옷차, 그럼 슬슬 시작해 볼까?"

"저희도 준비 완료입니다. 아, 그런데 기사단 때려치웠으니 이젠 우리 뭐라고 하죠?"

"마땅히 끝에 붙일 말이 없네요? 멋지게 소리쳐 보고 싶었는데."

"짜식들. 이제 와서 기사단이면 어떻고 아니면 또 어떠냐. 정 한마디 하고 싶으면 네 거시기나 잡아 주던 아내를 찬양하든가."

"오, 그거 괜찮은데요? 그럼 가자! 영원한 내 반려 엘리사를 위하여!"

"세나! 내 먼저 가리라!"

"안나여 영원하라!"

"가자아아아!"

기사들은 격렬히 몸을 내던졌다.

"어떠냐."

"일단 건너편에 매복한 낌새는 보이지 않습니다."

"좋아, 그럼 들어간다. 혹시라도 일이 틀어진다 하더라도 작전대로 흩어진다. 모이는 장소는 알고 있겠지?"

기사들은 진중한 표정으로 하나같이 고개를 끄덕였다. 젠은 그런 기사들을 잠시 쭉 훑어보고는 가장 먼저 비밀 통로로 발을 내딛었다.

"그곳으로 가는 길은 추천하지 않습니다."

흠칫!

"누구냐!"

그때, 뒤편에서 들려온 목소리에 젠이 급히 검을 뽑았다.

"죄송합니다. 워낙 경중을 따지기 어려워 무작정 발길을 붙잡았습니다."

스슥.

뒤편 어느 나무 그늘에서 사람의 인형이 나타났다.

그제야 젠은 나무 그늘에 숨어 있던 자의 존재를 눈치챌 수 있었다.

'저렇게 가까운데 전혀 눈치채지 못했어.'

젠은 속으로 식은땀을 흘렸다. 자신의 실력으로도 인기척을 알아내지 못할 정도면 이 중에 저 복면 쓴 남자를 이길 수 있는 기사는 존재하지 않는다는 걸 뜻하기 때문이었다.

"누구냐, 정체를 밝혀라."

"살기를 거두십시오. 저는 적이 아닙니다."

"정체를 밝히라고 말했다."

젠이 끝까지 살기를 지우지 않자 복면인은 작게 한숨을 내쉬며 복면을 벗었다.

"제 이름은 블랙. 에론 이스텔 드 마카로니 황자님의 그림자입니다."

"에론…… 황자님의 그림자? 네가 우리에게 무슨 볼일이냐."

"불꽃 기사단의 살아 있는 무리가 있다면 도움을 주라는 에론 황자님의 명을 받고 왔습니다."

"뭐라고?"

"저 비밀 통로 밖에는 이미 근위 기사가 매복하고 있습니다. 아니, 애초에 그곳에서 일망타진하기 위해 기사님들을 이곳에 내몬 것입니다. 그러니 살고 싶다면 저를 따라오십시오."

그 말에 모두들 눈을 치켜떴다.

"그럴 수가……."

"어쩐지 아까부터 적들의 기세가 누그러진 듯한 느낌은 저 함정 때문이었던 건가."

"젠 수석 기사님. 일리는 있으나 저자의 말은 믿기 어렵습니다. 조심하십시오."

"저 블랙이란 자 혼자서 이곳에 있는 것부터가 수상합

니다."

기사들이 젠에게 조언하자 블랙이란 자는 한 발짝 뒤로 물러나며 반박하듯 말했다.

"저를 믿고 말고는 기사님들의 자유입니다만, 이것만하나 말씀드리지요. 이런 열악한 상황에서 거짓말 한들저에게 무슨 이득이 있겠습니까. 시간이 없습니다. 어서결정하십시오."

블랙이 보채자 기사들은 모두 젠을 돌아보았다.

젠은 잠시 골몰히 생각하는 듯하더니 이내 검을 검집에 집어넣었다.

"좋아, 너를 믿지. 그럼 이곳을 빠져나갈 좋은 방법이있나?"

"왕족만 아는 비밀 통로가 한군데 더 있습니다. 안내하겠습니다. 따라오……."

"그리고."

젠은 막 안내하려는 블랙의 말을 자르고 끼어들었다.

블랙이 의아해 돌아보자 젠이 말했다.

"가면서 에른 황자의 생각을 네 입으로 듣겠다."

"……제가 알고 있는 것이라면."

블랙은 그 말을 끝으로 소리 없이 어디론가 달려 나갔다.

"젠 수석 기사님, 정말 괜찮겠습니까?"

"적어도 지금은. 가자."

젠은 두말없이 모두를 이끌고 블랙의 뒤를 쫓았다.

확실히 블랙에 말대로 그는 손해를 보면 봤지 아무런 이득노 없었다.

그럼에도 도와주는 거라면 분명 답은 에론 황자에게 있을 거라고 젠은 생각했던 것이다.

다행히 블랙의 말엔 거짓이 없었는지 아무도 몰랐던 비밀 통로를 이용해 무사히 성 밖으로 몸을 피신할 수 있었다.

"그렇구나. 그래서 영주님이 속절없이 계략이 빠지셨던 거야."

블랙에게 사정 설명을 들은 젠은 원통함에 이를 갈았다.

"하지만 이상하군. 그렇다면 더더욱 우리를 구해 줄 이유는 없지 않나? 아니면 단순히 동정인가?"

"그건 제 개인적인 이유도 포함되어 있습니다."

"개인적인 이유?"

"그건 곧 알게 될 겁니다. 다 왔습니다. 누추하지만 이곳이라면 잠시간 시선을 피해 숨어 계실 수 있을 것입니다."

블랙이 안내한 곳은 마구간 딸린 허름한 집이었다. 확

실히 누추하긴 했지만 마구간을 빌리면 기사들도 충분히
숨어 지낼 수 있을 만한 공간은 확보할 수 있을 듯 보였
다.

"여긴 믿을 만한 집인가?"

"그럼 믿지 않고 베길 수 있겠나, 젠."

그때, 젠의 말을 받아 마구간으로 들어온 한 남자.

배불뚝이 몸매에 웃는 인상이 인상적인 남자였는데,
놀랍게도 한쪽 다리가 없는지 의족을 착용하고 있었다.

젠은 그 남자를 보자 더할 나위 없이 눈동자가 커졌다.

"퍼슨……!"

"하하핫! 오랜만일세, 친구! 그동안 잘 지냈는가."

"아니, 네가 여기에 어째서…… 잠깐, 설마 블랙, 당
신이 말한 개인적인 이유라는 게……."

"맞네. 내가 직접 에론 황자님께 부탁했네. 자네를 구
해 달라고."

"이게 대체 무슨……."

"얘기가 길어질 테니 일단 안으로 들어오게. 블랙, 이
제 돌아가 봐도 괜찮다."

"네, 그럼 저는 이만."

블랙이란 자는 퍼슨에게 살짝 고개 숙이곤 허공에 녹
아들듯 사라졌다.

젠은 그 모습을 보고 퍼슨이 블랙보다 더 높은 계급 또

는 관직에 머무른 자라는 걸 눈치챌 수 있었다.

퍼슨은 윈덜트가를 나와 이 수도 영지에서 개인 검술소를 열어 제자들을 가르쳤다고 한다. 그러다 블랙이란 애제자와 만나게 되고 블랙으로 인해 황궁까지 연이 닿아 이렇게 생활하게 되었다는 것이다.

"자네 하고자했던 꿈을 이루었군."

"그럼! 전부 이루었지. 하지만 마음 한편으론 계속 자네를 생각하고 있었다네."

"그래서…… 황궁과 닿은 연줄을 끊지 못했다는 건가?"

"언젠가 도움이 될 거라 생각했거든. 보다시피 이렇게 도움을 받게 되었고."

"오늘 일로 인해 자네 역시 반역을 도와준 일당으로 찍힐 거야."

"그래도 전직 기사인데 그 정도 각오도 없이 자넬 도와주려 했겠나."

퍼슨이 끝까지 지지 않자 젠은 허탈하게 웃었다.

"그 생각 안 하고 행동하는 것은 여전하군."

"아무렴. 그러니 여우 같은 마누라와 토끼 같은 자식도 얻었지."

"그러고 보니 샤네라와 네 자식들은?"

"위험하니까 미리 피신시켰어. 모든 건 내 독단적인 일로 충분하니까."

"……그런가."

젠은 더 이상 고맙다거나 미안하다고 말하지 않았다.

퍼슨은 그 모든 것을 각오하고 도와준 것이란 걸 알았기 때문이다.

그렇게 시간이 흘러 윈덜트가와 합세한 제스필드 황자 휘하 군대가 마카로니 성 밖에 포진하게 되었고, 그동안 숨죽이며 숨어 있던 젠 휘하 불꽃 기사단은 드디어 빠져 나갈 기회가 찾아오게 되었다.

"저 하수로를 통해 나가면 무사히 빠져나갈 수 있을 거야. 좀 냄새 나겠지만 참으라고."

"……고맙네, 그럼."

"젠."

퍼슨은 막 떠나가려는 젠을 붙잡았다.

젠이 돌아보자 그는 잠시 우물쭈물 망설이더니 이내 입을 열었다.

"자네, 혹시 이 일이 끝나면 기사단을 나올 생각 없나?"

"그래서? 함께 살자는 건가?"

"그것도 나쁘지 않지. 그 있잖나, 우리 아내가 자넬 그렇게 보고 싶어 해. 윈덜트가에서 시녀 생활할 때 사실 나보다 자네를 더 연모했었다더군."

"그거 부끄럽군."

"그러니까 말이야, 무거운 돌은 내려놓고 우리 함께……."

"고맙지만 그럴 수 없어."

퍼슨의 말이 끝나기도 전에 젠은 고개를 흔들었다.

"자네 말대로 그런 생활도 재미있겠지. 하지만 역시 무리야. 난 여기까지 오면서 수많은 동료를 잃었어. 기사로서 그들의 의지를 받아들여야 해."

"……하긴. 그게 내가 아는 기사 젠이지. 알겠네, 더 이상 두말 않겠네."

"그리고 난 지금이 더 좋아."

"지금이…… 더 좋다고? 바보 같은 말하지 말게. 그 지옥 같은 윈덜트가에 있는 게 뭐가 좋다고."

"아직도 하룬 도련님을 원망하나?"

"……가끔 아직도 이 오른쪽 다리가 쑤셔. 하지만 원망은 하지 않네. 전부 지나간 일이지."

젠은 그 말에 잠시 눈을 끔뻑이더니 이내 웃으며 말했다.

"그럼 조만간 윈덜트 영지로 찾아와라."

"내가 거긴 왜 가나?"

"오면 알 수 있을 거야."

"킥, 암요, 알다마다요. 아마 두 눈 휘둥그레질 겁니다."

"퍼슨 전 일등 기사님 꼭 찾아오십시오."

잠자코 이야기를 듣고 있던 기사들 모두 덧붙여 말하기 시작했다.

퍼슨은 영문 모를 얼굴로 잠시 젠과 기사들을 바라보다 손을 내저었다.

"그 허황된 소문을 나 보고 믿으라는 건 아니겠지? 무슨 말 같지도 않은. 그 하룬 도련님이 변할 리가 없지 않나."

"하, 하하하하!"

"암요! 저희도 그랬습죠!"

"거봐라, 다들 이렇게 생각하는 게 당연한 거라니까?"

"하하하하하!"

모두들 웃었다.

과거에 하룬을 믿지 않던 자신들의 모습을 떠올리며.

"대체 지금 무슨 소린지…… 젠, 그럼 넌 지금 생활에 만족하고 있는 거냐?"

젠은 그 말에 입을 다물었다.

그리고 아무 말 없이 뒤돌아 하수도 안으로 발길을 돌렸다.

단지 그랬을 뿐인데도 퍼슨은 그가 무슨 대답을 했는지 너무도 잘 알 수 있었다.

그의 입이 생전 처음 볼 만큼 웃고 있었기 때문이었다.

"들어라, 우리들은 곧장 이곳을 나가 원덜트가에 합류해 영주님과 하룬 도련님 구출 작전에 투입된다."

"네!"

"알겠습니다!"

"가자."

저마다 장난치며 웃고 있던 가벼운 분위기가 한순간 사라졌다.

그렇게 그들은 죽을 결심으로 하수도를 빠져나가기 시작했다.

그것이 기사이며 그것이 자신이 평생 따르는 주군을 위한 길이기에.